백세 엄마, 여든 아들

백세 엄마, 여든 아들

장수 박사 아들과 백세 노모의
가슴 따뜻한 동거 일기

박상철 지음

SIGONGSA

차례

아버지의 수의

고등학교를 졸업하고 고향을 떠나 서울에서 43년 반, 인천에서 1년 반, 수원에서 3년 그리고 대구에서 2년을 보냈으니 꼭 반백 년을 타관에서 살았다. 나름대로 숨 가쁘게 살아온 탓에 고향인 광주에는 그동안 집안의 대소사 때나 명절에만 들러 기껏 하룻밤 정도 머물다 돌아간 것이 전부였다. 그런데 2017년 8월 아버지께서 타계하신 것을 계기로 인생의 대전환을 맞게 되었다. 나의 아버지 혜운惠雲 박선홍 님은 92세로 소천하셨다. 누구 못지않은 수를 누리셨다고 자위해보기도 하지만 좀 더 사시리라 내심 기대했는데 그만 떠나시고 말았다. 마지막 한 해는 인지장애 초기 증상으로 생활에 다소간 불편함이 있었지만, 아버지는 아흔 살이 되도록 비교적 건강하셨다. 운명하시기 두 달 전 신장 기능이 급격히 떨어져서 보름 정도 병원에 입원했으나 이내 회복하여 퇴원하셨기에 당분간은 별일 없을 거라 생각했다. 그즈음 나는 일본에서 개최된 국제 학회에 기조 강연자로 초청받아 잠시 해외에 다녀오게 되었다. 그런데 귀국하자마자 근무지인 대구로 먼저 갔다가 그만 돌이킬 수 없는 불효를 저지르고 말았다. 광주로 내려가 아버지부터 뵈었어야 했는데 그러지 못한 것이 천추의 한이 되었다. 귀국 이틀 후 아버지가 위독하다는 연락을 받고 달려갔지만 때는 늦었고, 나는 아버지의 임종을 지키지 못한 죄를 짓게 되었다.

장례 기간, 수많은 조문객들이 찾아와서 아버지를 진심으로 기리는 모습이며, 아흔이 다 된 아버지의 지인들이 극력 만류에도 불구하고 불편한 몸으로 영정 앞에서 굳이 무릎 꿇어 절하고 곡하는 모습은 상주인 내 마음을 더욱 아프게 했다. 조문객이 계속 밀려와서 부득불 발인을 하루 더 늦추려 하자 어머니가 반대하셨다. 하지만 동생들과 뜻을 모아 어머니께 양해를 얻었다. 자식 입장에서 어머니 말씀을 거부하기도 평생 처음이었지만, 발인 날짜를 늦추지 않았더라면 아버지에게 영결을 고하러 멀리서 찾아오는 조문객들에게 큰 결례를 범할 뻔하였다.

그런데 아버지 장례 도중 가슴이 메는 사건이 일어났다. 다름 아닌 입관 때의 일이다. 입관 절차는 고인과 가족의 마지막 대면이자 영원한 작별이기 때문에 모든 유족들에게 가장 중요한 시간이다. 고인의 얼굴을 마지막으로 보면서 이별을 고하고 슬픔을 나누는 시간이다. 어느 유족인들 눈물짓지 않을 수 없는, 고인과 이승에서 작별하는 순간이다. 아버지는 평온하게 주무시는 모습으로 관 속에 누워 계셨다. 우리는 차디차게 굳어진 아버지 얼굴을 어루만지며 울음을 참을 수 없었다. 그때 아버지께서 입고 계신 옷이 눈에 들어왔다. 일반적인 누런 삼베 수의 위에 색이 바랜 하얀 두루마기가 입혀져 있었다. 얼핏 내 눈에 편치 않았지만, 어머니께서 수의를 준비하셨기에 그 자리에서 말을 하지 못하고 나왔다. 장례를 마치고 며칠 지나 용기를 내어 어머니께 여쭈었다. 그래도 명색이 내가 큰아들인데 짚고 넘어가야 할 일이었다.

"어머니, 아버지 수의가 좀 그렇더군요."

나는 조심스럽게 말문을 열었다.

어머니는 한동안 아무 말씀 없이 나를 바라보더니,

"그 두루마기, 네 애비가 장가올 때 입고 온 옷이다"라고 하셨다.

결혼식을 마치고 처음 처갓집에 올 때 입고 온 아버지의 두루마기를 어머니는 무려 70년 동안 장롱 속에 고이 간직하고 계셨던 것이다. 두 분과 세월을 함께한 옷을 아버지 가시는 마지막 길에 입혀드렸다는 사실이 왠지 모르게 가슴 뭉클하고 목이 메었다.

장례 후 어머니는 거실에 걸려 있는 아버지 영정 사진 앞에 언제나 신선한 꽃을 놓아두셨다. 그리고 매일 아침 식사 후 꼭 커피를 한 잔씩 마시고 출근하신 아버지를 위해 3년 탈상까지 아침마다 따뜻한 커피 한 잔 올리는 것도 잊지 않으셨다. 70년을 함께 살아온 남편을 기리는 아내의 마음에 깊이 감동하지 않을 수 없었다.

언젠가 TV 뉴스를 통해 안동댐 건설 현장에서 조상 묘를 이장하는 도중에 발견된 450년 전의 가슴 벅찬 사연을 접했을 때의 감동이 되살아났다. 고성 이씨 이응태의 부인이 자신의 머리털로 만든 미투리와 함께 남편의 관에 넣어둔 사부곡思夫曲 편지가 발견되었는데, 〈내셔널지오그래픽〉이 이를 '사랑의 머리카락 더미Locks of Love'라는 제목으로 대서특필하여 세기의 사랑으로 세상에 알려졌다는 것이었다.

우리 부모님의 사랑도 그들 못지않게 지극하다는 생각이 들었다. 아버지 어머니 두 분의 결혼 생활과 부부 관계의 깊고 짙은 향기에 몽롱해지지 않을 수 없었다. 그 후로 70년을 동고동락한 남편을 잃은 어머니의 절망감과 외로움이 얼마나 클까 걱정이 앞서기 시작했다. 금슬 좋은 부부들은 한쪽이 가시면 한두 해 못 되어 다른 쪽도 따라간다는 말이 있기에 더더욱 불안했다.

어머니를 위해서 지금 무엇을 해야 할까? 나는 깊은 고민에 빠졌다.

1장

50년 만의 뉴 라이프

귀향을 결심하다

아버지가 돌아가셨을 때 어머니께서 장롱에 고이 간직해온 70년 전 신혼 시절의 두루마기를 입혀드린 것을 보고 큰 감동도 느꼈지만 그보다는 걱정이 앞섰다. 평생의 반려자를 잃은 상실감에서 오는 좌절과 외로움이 심각한 문제를 야기할 수 있기 때문이다. 아버지 장례를 마친 뒤 어머니를 뵐 때마다 의기소침한 모습이 안타까웠다. 더군다나 추석에는 차례도 모시고 아버지를 기리는 제례도 하여야 하는데 어머니께서 모든 것을 귀찮아하시고 의욕을 상실한 터라 고민이 이만저만이 아니었다.

두 여동생이 어머니 가까이에서 극진히 모시고 있어

그나마 시름을 덜었지만 큰아들로서 해야 할 일이 무엇일까 생각하지 않을 수 없었다. 더욱이 백세인들을 수없이 만나면서 그분들의 큰아들에 대한 그리움과 기대감의 크기를 너무도 잘 느끼고 있던 입장이라 심각하게 고민하지 않을 수 없었다. 이미 어머니 연세가 아흔인데 조금이라도 건강하실 때 곁에서 힘을 드리고 생기를 되찾게 할 방법을 찾아야 했다. 어머니와 떨어져 50년을 살았는데 그동안 한 번도 어머니와 살가운 생활을 못 해본 자식으로서 어떻게 해야 할까? 지금까지 해온 대로 어머니를 찾아뵙되 그 빈도를 늘리면 될까? 자식이 마냥 손님같이 오가기만 해도 될까? 이런저런 고민을 해봤지만 답은 하나였다. 결국은 어머니와 보다 더 오래, 더 가깝게 있어야겠다는 결론에 도달했다. 고향으로 가서 어머니 곁에서 살자. 지금 그렇게 하지 않으면 나중에 무척 후회할 것 같았고, 그때는 후회해도 돌이킬 수 없을 것임이 자명했다.

아버지가 돌아가시고 두 달 뒤, 동생들에게서 급한 연락이 왔다. 어머니가 심한 폐렴으로 병원에 입원하셨다는 소식이었다. 당시 대구경북과학기술원DGIST에 근무하던 나는 서둘러 광주로 가서 병원을 찾았다. 어머니는 일주일째 입원하여 항생제 위주의 약물 치료를 받고 계셨는데 병의 경과가 전혀 호전되지 못하고 있었다. 매일 39도 이상의 고열이 나고 두통과 어지러움을 크게 호소하고 계셨다. 아버지와 어머니는 1948년 1월에 결혼하셔서 2017년 8월에 아버지가 세상을 떠나셨으니 꼭 70년을 함께 살았다. 일반적으로 금슬이 좋은 부부는 한쪽이 죽고 홀로 남으면 세 명 중 한 명꼴로 반년 내에 세상을 뜬다고 한다. 심리적으로 큰 타격을 받으면 의욕 상실과 면역 기능 저하로 이어져 건강에 나쁜 영향을 미치기 때문이다. 우리 남매가 보기에 아버지와 어머니는 완벽한 부창부수夫唱婦隨의 부부였다. 그래서 더 걱정이 컸다. 어머니가 얼마나 고통스럽고 외로우실까 걱정이 되어 더 자주 찾아뵈었지만 막상 병으로 입원하여 고생하시는 모습을 보니 불안과 걱정은 커져만 갔다.

"어머니, 힘내세요. 저희 자식들을 위해서라도 빨리 건강을 회복하셔야 해요."

동생들과 함께 안타까운 마음을 어머니에게 전하였다. 그러나 어머니는 휑한 모습으로 아픔을 참으며 우리에게 가슴이 저리는 말씀을 하셨다.

"네 애비가 나를 부르고 있구나."

그렇게 아픈 와중에도 돌아가신 아버지를 생각하신 것이다. 부부의 인연이 삶과 죽음을 넘어서서 이토록 끈질기게 이어져 있는 모습을 보면서 부부의 소중한 의미를 새롭게 느끼지 않을 수 없었다.

마지막 수단으로 주치의는 가장 강력한, 새로운 항생제를 처방했다. 그런데 기적적으로 어머니의 병세가 하루가 다르게 개선되었다. 새로운 의술의 신비이기도 했지만 어머니로서는 기사회생이었다. 백세인 조사를 통해 초고령자의 행복을 위해서는 가족이 절대적으로 중요하다는 것을 잘 아는 나로서는 새삼 고민하지 않을 수 없었다. 일주일을 더 입원하고서야 퇴원하는 모습을 보면서 큰아들인 내가 보다 더 가까이서 어머니를 모셔야겠다고 결심했다.

그래서 이후 매주 광주에 내려왔다. 그때마다 틈만 나면 전남대학교 의과대학에 들러 현직에 있는 후배 교수들을 만나 회포도 풀고 새롭게 전개되는 과학기술에 대한 토론도 자주 하였다. 얼마 안 가 이들 후배 교수들이 내게 "기왕 광주에 자주 오는데 아주 내려오면 어떠냐?"는 제안을 했다. 특히 기발한 착상으로 항상 나를 감동시키는 후배 최현일 교수가 적극적으로 나섰다. 당시로서는 오로지 어머니를 자주 뵙고 모시고 함께 생활할 수 있으면 얼마나 좋을까, 라는 염원밖에 없던 차였기에 다른 선택의 여지가 없었다. 그래서 "그럴 수 있다면 얼마나 감사하겠는가" 하고 기꺼이 응했다. 어머니 곁에 있으려면 우선 근거지를 당시 근무하던 대구의 DGIST에서 광주로 옮겨야 했다. 후배 교수들이 반드시 전남대학교로 와야 한다며 끌어주었고, 다행히 고향인 광주에서 나를 아직 필요로 하고 있어서 결심만 하면 되었다. 또한 전남대학교 정병석 총장은 전에 없던 교외 연구석좌교수라는 자리를 만들어 내가 옮길 수 있도록 제도적으로 뒷받침해주었다. 이보다 더한 감사와 축복이 없었다. 나날이 의기소침해지고 건강이 악화되어가는 어머니를 보면서 그 곁에 있어야겠다고 결심한 내 간절한 소망을 하늘이 받아준 것만 같았다. 어머니가 떠나버린 다음에는 아무리 후회해도 소용없을 것이 분명하다. 나는 50년 만에 어머니 곁으로 돌아가서 함께 살 수 있게 된 기회를 감지덕지하는 마음으로 받아들였다.

　　그러나 아직 근무하고 있던 DGIST의 양해를 얻어야 했는데 말을 꺼내기가 미안하기 짝이 없었다. 삼성종합기술원에서 내가 주도하여 추진한 웰에이징연구센터가 중도 취소되어 좌절하고 있을 때, DGIST의 신성철 총장이 적극적으로 나서서 우리 팀원 중 세 명이나 교수로 받아주었고, 웰에이징연구센터를 세워 본격적인 도약을 준비하던 상황이었기 때문이다. 그 후임인 손상혁 총장에게 사정을 말하고 양해를 얻어야 하는데 마음이 편치 않았다. 그런데 천만다행으로 손 총장은 본인도 연로한 어머니 걱정으로 미국 버지니아공과대학 교수직을 포기하고 귀국했다며 나를 이해하고 사직을 수락해주었다. 대신 앞으로 석좌연구원 자격으로 DGIST를 도와달라고 부탁하여 기꺼이 받아들였다. 같이 일하던 이영삼 교수, 이윤일 교수, 김민석 교수에게도 자주 찾아오겠다는 약속을 하며 아쉬움을 달랬다. 다행히 모두들 나의 상황을 이해해주고 오히려 격려하고 축하해주어 감사하기 이를 데 없었다. 그렇게 해서 월화수는 광주에서, 목금토일은 서울에서 지내고, 한 달에 한두 번 대구를 찾는 나의 새로운 생활, 뉴 라이프가 시작되었다. 그 이후 매월 정기적으로 DGIST를 방문하여 세미나를 함께하고 젊은 대학원생들과 연구원들과의 만남을 계속하면서 수십여 편의 우수한 노화 관련 논문을 유수의 학술지에 발표

할 수 있었다. 비록 몸은 떠났지만 내가 창립하는 데 기여한 DGIST 웰에이징연구센터가 자리를 잡고 나날이 발전하고 있어 자랑스럽기만 하다.

　어머니 곁에 공식적으로 머물 수 있는 명분이 마련되어 광주에서의 새로운 삶을 시작하면서 새삼 인연의 엄중함을 깨닫게 되었다. 아버지가 떠나신 후 일어난 일련의 일들은 내가 상상도 못 한 방향으로, 마치 각본에 짜인 것처럼 절로 무리 없이 진행되었다. 그리고 그 핵심에는 아버지가 그토록 사랑한 고향 광주에 돌아와 어머니와 함께 지내라는 지상명령이 있는 것만 같았다. 인생살이에서 어쩔 수 없는 카르마Karma와 다르마Darma가 작동하는 인연생기因緣生起를 받아들이지 않을 수 없었다.

귀거래사

청운의 꿈을 품고 고향을 떠나 타향살이하면서 온갖 영욕
榮辱의 세월을 보낸 이들에게 고향은 항상 아련하게 떠오르
는 곳이다. 가랑비 내리는 날이나 어둠이 밀려오는 저녁녘
이면 그때 그 동무들과 산과 들, 냇가 언덕이 모두 흐릿하
게 스쳐 간다. 그리고 정지용의 〈향수〉나 고복수의 〈타향살
이〉 노랫가락이 입안에서 저절로 흘러나온다.

넓은 벌 동쪽 끝으로 옛이야기 지줄대는 실개천이 휘돌
아 나가고
얼룩백이 황소가 해설피 금빛 게으른 울음을 우는 곳.
그곳이 차마 꿈엔들 잊힐 리야.

타향살이 몇 해던가 손꼽아 헤어보니 고향 떠난 10여 년에 청춘만 늙어.

세월이 흐르고 세상이 변해도 고향은 그때 그 모습 그대로이기를 바라는 이가 어찌 나뿐일까. 문득문득 고향이 생각날 때 절절하게 귀에 맴도는 글귀는 역시 중국의 옛 시인 도연명이 읊은 〈귀거래사歸去來辭〉이다. 첫 구절은 고향으로 돌아가고 싶은 절박한 마음을 대변한다. 고향 땅과 사람들을 찾아가야 할 이유를 제기해주었다.

돌아가리라. 밭과 뜰이 황폐해지려 하는데 어찌 돌아가지 않으랴歸去來兮 田園將蕪胡不歸.

마지막 구절은 귀향이 절대적인 명령이고 명분임을 처절하게 울려주고 있다.

어쩌다 조화의 수레를 탔다가 이제 목숨 다할 곳으로 돌아가리니, 오로지 천명을 즐길 뿐 다시 무엇을 의심하랴聊乘化以歸盡 樂夫天命復奚疑.

타향살이하는 이들에게 생의 마지막에는 마땅히 고향으로 돌아가야 한다고 채근하는 호소가 아닐 수 없다. 이런 절구들이 때때로 가슴을 쳤지만, 그래도 해야 할 일이 많아 고향으로 돌아갈 엄두를 내지 못하였다. 고향은 오로지 마음속에만, 꿈속에만 있는 그런 곳이었다.

그러던 차에 2018년 초, 전남대학교 연구석좌교수로 정식 발령을 받아 감사한 마음을 안고 어머니가 계시는 고향으로 내려가게 되었다. 새해 둘째 날 수서발 광주송정행 SRT를 타고 내려가는 길에 차창 밖으로 눈이 쌓인 산과 들을 하염없이 바라보고 있었다. 그동안 광주를 수없이 다녔지만 이제는 고향으로 돌아간다 생각하니 가슴속으로 밀려드는 느낌이 전연 달랐다. 저절로 박재란이 노래한 〈산 너머 남촌에는〉이라는 곡이 귀에 맴돌았다.

산 너머 남촌에는 누가 살길래 (……) 남촌서 남풍 불 때 나는 좋대나.

입에서도 덩달아 콧노래가 나왔다. 아, 고향인 남촌이 남쪽이지, 남촌으로 가면 봄바람도 불고 꽃도 피고 밀이 익는 아름답고 따뜻한 고향이 있겠구나, 라는 생각을 하면서 가슴이 뜨거워졌다. 아, 고향 가는 길이 이런 것이구나! 고등학교 졸업하고 고향을 떠난 지 50년 만에 돌아가는 길은 특별한 감회를 주었다.

고향 떠나 타향살이 10년도 아니고 무려 50년이 되어버렸다. 사실 고향에서는 태어나서 채 20년도 못 되게 살았고 두 배를 훌쩍 넘는 긴 세월을 주로 서울에서 보냈기 때문에 타관인 서울을 사실상 집으로 삼고 살아왔다. 또한 해마다 명절이면 귀향하여 부모님 뵙고 인사하고 지내왔기에 귀향이라는 말에 그렇게 절박한 의미를 부여하지 않았다. 그러나 막상 서울살이를 공식적으로 접고 고향을 근거지 삼아 생활하기로 결심하고 나니 순식간에 50년 살아온 곳이 타향이었으며, 고향은 역시 내가 나고 자란 그리고 어머니가 계시는 곳이란 생각이 밀려왔다. 고향에서 어머니와 함께 지내며 동생들과 친척들과 어울리고 어린 시절 친구들을 만나는 일은 마냥 나를 설레게 했다. 특히 연로한 어머니와 함께 살 생각에 내 마음은 동심으로 돌아가 있었다.

항상 그리워하면서도 오가는 길에 먼발치에서만 흘깃

바라보고 말았던 무등산을 이제는 직접 오르고, 그 산 아래 있는 고향 마을에서 새로운 삶을 빚어본다고 생각하니 가슴이 부풀어 올랐다. 다시 젊어져 무등산을 주말마다 오르내리며 꿈을 꾸던 10대의 청춘으로 돌아갈 수 있을 것만 같았다. 무등산은 나에게 큰바위얼굴이었고 꿈을 꾸게 해준 곳이었다. 서정주 시인의 〈무등을 보며〉라는 시는 젊은 시절부터 고향 친구들과 더불어 가슴으로 새겨야 하는 노래였다.

> 청산靑山이 그 무릎 아래 지란芝蘭을 기르듯 / 우리는 우리 새끼들을 기를 수밖에 없다 / 더러는 앉고 / 더러는 차라리 그 곁에 누워라 / 지어미는 지아비를 물끄러미 우러러보고 / 지아비는 지어미의 이마라도 짚어라

아들의 다짐

어머니와 같이 살기 위해 광주로 내려오면서 나는 마음속으로 두 가지를 굳게 다짐했다. 첫째, 어떤 일이 있더라도 어머니 말씀은 무조건 들어드리겠다는 결심이다. 즉, 어머니 말씀에 절대 Yes 하기 약속이다. 그동안 타향에서 나름대로 바쁘게 살다 보니 어머니와 대화도 거의 해본 적이 없었다. 나는 항상 명절에 왔다가 하룻밤만 자고 그냥 돌아간 손님이나 다름없는 존재였다. 따라서 어머니가 내게 무엇을 시켰다는 기억이 전혀 없다. 하지만 이제는 어머니가 큰아들인 나에게 무엇인가 시켜주셨으면 싶었고, 어머니 말씀은 무엇이든 들어드리고 싶은 생각이 간절했다. 어머니가 시킨 일을 한 가지라도 해내야 내 마음이 편할 것 같았다.

둘째, 어머니와 함께 있는 시간을 자주 갖자는 결심이다. 어머니 곁에서 말동무도 되어드리고 이런저런 이야기도 나누겠다는 약속이다. 지난 50년을 돌아보면 어머니 옆에 차분히 앉아 있어본 기억이 없다. 명절이나 집안 대소사로 고향 집에 오더라도 아버지와 둘이 반주를 곁들여 대화한 것이 대부분이었다. 그럴 때면 어머니는 항상 부엌에서 분주하게 음식을 장만하고 계셨다. 그러다 보니 어머니의 말동무를 해드린 기억도 전혀 없었다. 그래서 이번에 귀향하면 가능한 한 어머니와 많은 시간을 보낼 수 있도록 최선을 다하겠다고 스스로 다짐했다.

처음에는 이 다짐을 실천하기가 그리 어렵지 않을 거라 생각했는데, 시간이 갈수록 목표 달성이 그리 만만치 않다는 것을 차차 깨닫게 되었다. 산다는 것은 실천하는 것이기 때문에 몸에 익숙지 않은 일들은 아무리 간단해 보여도 쉽지만은 않다. 그러나 그런 각오를 가지고 살려고 노력했기 때문에 의외의 일들도 많이 생기고 새로운 기쁨도 많이 얻게 되었다. 과거의 삶과 전연 다른 삶이 시작되었다. 일흔 살 아들과 아흔 살 어머니가 함께하는 새로운 삶, 그 삶은 나를 근원적으로 변화시켰다.

어머니와 함께하는 일상은 새벽에 눈을 뜨는 순간부터 달랐다. 큰아들이 왔다고 어머니도 생활 패턴을 바꾸셨다. 오전 5시면 일어나 내 방문을 노크하면서 깨우신다.

"목욕하고 오너라."

나의 하루는 어머니의 지시로 시작되었다. 어머니 댁이 있는 소태동의 동네 목욕탕은 생전의 아버지는 물론이고 어머니도 매일 들러 넓은 탕에서 몸을 녹이면서 하루를 시작하였던 곳이다. 어머니는 아들에게도 똑같은 생활을 지시하셨다. 한동안은 나도 하루 일과를 시작하기 전에 그 목욕탕에 가서 몸을 씻고 풀었다. 그러나 나에게는 공중목욕탕에 얽힌 그리 즐겁지 않은 추억이 있다. 어렸을 적 어머니가 때를 밀어야 한다며 나를 여탕에 데리고 다니신 것이다. 열 살이 다 되도록 데리고 다니셨기 때문에 나는 어린 마음에도 부끄러워 좌불안석이었지만 어머니는 단호하셨다. 그래서 공중목욕탕은 내게 그리 편안한 곳이 아니었다. 그 후 서울 생활을 할 때는 집에 욕실이 있다 보니 주로 집에서 샤워하는 것에 익숙해져 바깥 목욕탕 이용을 거의 하지 않게 되었다. 시간도 절약해야 하기 때문에 두어 달 지나면서 어머니에게 하소연했다.

"어머니, 그냥 집에서 목욕하렵니다"라고 하자,

"그래도 큰 탕에서 몸을 따뜻하게 녹여야지" 하면서도 허락해주셨다.

어머니는 아직도 어릴 때처럼 아들을 깨끗하게 씻겨야 한다고 생각하시는 듯하다. 어머니 말씀에 절대 Yes 하기를 어기는 일이 생겨버렸다. 첫 번째 약속 위반이다.

목욕하고 돌아와 7시만 되면 어머니는 아침 식사를 몸소 차려놓고 "밥 먹어라" 하고 부르신다. 그동안 아침 식사는 거르거나 간단히 때우고 살아온 지 20년도 넘었다. 조찬 모임에서나 먹는 것이 아침 식사였는데 광주 내려온 다음 날 아침부터 아침 식사를 차려놓으시니 먹지 않을 도리가 없다. 그것도 제대로 된 식사이다. 온갖 반찬을 차리고 생선도 한 도막 굽고 밥과 국을 갖추어 내놓으신다. 처음에는 아침을 먹으니 몸이 무겁고 소화도 되지 않는 듯했다. 하지만 부모님 세대의 어르신들은 아침을 든든히 먹어야 한다는 철학을 가지고 있으니 군소리 않고 매일 아침밥을 먹게 되었다. 아침밥 먹고 출근해야 하루 일과를 무사히 처리할 수 있다고 생각하는 어머니 마음을 상하게 하고 싶지 않았다. 늙으신 어머니를 돕겠다고 내려와서 오히려 어머니를 괴롭히는 자식이 되고 싶지는 않았다.

그런데 엉뚱한 문제가 생겼다. 부모님 댁에 40년 넘도록 다니며 살림을 도와주는 가사도우미 남순댁에게 미안한 일이 생겼다. 남순댁은 보통 8시경에 출근하여 어머니 아침 밥상을 차리고 집안일을 챙기는 것이 일과이다. 내가 광주에 내려온대도 크게 달라질 일이 없다. 그런데 어느 날, 어머니가 아침 일찍 따로 내 밥을 차려준다는 것을 알게 된 남순댁이 새벽 6시 반에 출근했다. 어머니는 아들에게 아침을 차려준다는 사실을 남순댁에게 말씀하지 않았다. 큰아들에게 당신이 직접 밥을 차려주고 싶었고 또 남순댁을 일찍 오지 않게 하려는 배려이기도 했다. 그런데 남순댁 입장에서는 연로하신 어머니가 새벽에 자식 밥을 따로 차린다고 하니 거북하게 생각하였고, 그래서 본인이 일찍 나와 내 밥을 차려주려고 한 것이다. 괜스레 남순댁만 괴롭히는 일이 되어버렸다.

더 미안한 일은 남순댁이 일주일에 네댓 번 오기 때문

에 남순댁이 오지 않는 날은 가까이 사는 큰 여동생이 식사를 차려주곤 한다는 것이다. 그러나 큰 여동생도 경기도에 사는 아들 내외가 모두 직장에 다니기 때문에 손주를 돌보기 위해 며느리의 친정어머니와 교대로 일주일씩 상경해야한다. 그런 경우에는 어머니도 스스로 챙겨 드셨는데, 내가 내려가자 내 아침 식사를 따로 차리느라 여동생이나 남순댁이 바빠지게 되었다. 내가 직접 해도 되니 걱정 말라고 해도 소용이 없었다. 특히 어머니께서

"네 큰오빠 좀 챙겨라"

하고 지시하시니 아무리 말려도 남순댁이나 여동생이 새벽마다 와서 아침을 준비해준다. 아침은 내가 알아서 간단히 해결한다고 해도 어머니는 막무가내이다. 결국 귀향한 지 3년째에는 체중이 불고 고혈압 조짐이 보이고 혈당도 높아져서 대응이 필요한 상황에 이르렀다. 그러자 이제는 식이요법을 해야 한다며 어머니의 감독하에 여동생들이 더 세심하게 특별한 아침을 준비해준다. 결과적으로 나의 아침 식사는 어머니는 물론, 남순댁과 여동생들 모두에게 부담을 주는 꼴이 되어버렸다. 나이 든 남자들이 직접 요리해서 먹자는 골드 쿡Gold Cook 캠페인을 벌였던 나로서는 민

망한 일이 되어버렸다. 실제로 대구에서 생활하는 지난 2년 동안은 스스로 먹거리를 해결해왔기 때문에 자신이 있었는데도 어머니 집에 오니 나는 여전히 아들일 뿐이다. 노인 남성의 독립생활을 강조했던 나의 주장이 갑자기 공허해졌다. 사람들에게 장수를 이야기하면서 독자적인 식생활의 중요성을 강조해온 내가 어머니 집에 와서는 오히려 걱정거리가 되어버린 셈이다. 학문적 지식이 현실의 관습에 무참하게 밀려버렸다.

❅ ❅ ❅

고향에 내려와서 반드시 실행하겠다고 다짐한 또 한 가지는 어머니와 함께 시간 보내기이다. 그 목적을 달성하기 위한 가장 확실한 방법이 어머니와 함께 TV를 시청하는 일이다. 아침부터 저녁까지 틈만 나면 TV를 열심히 시청하는 어머니 옆에 앉아 있으려면 함께 TV를 볼 수밖에 없다. 이전에는 주로 뉴스를 보고 가끔 시간이 날 때 다큐멘터리를 보는 정도였지, 바쁘게 외부 일정을 소화해야 하는 입장이라 연속극 드라마는 볼 엄두도 내지 못하고 살았다. 광주로 내려와서는 현역이 아닌 석좌교수이기 때문에 필히 참석해야 할 회의들이 없어 굳이 아침 일찍 출근하지 않아도 되었다. 어머니는 아침 드라마를 특히 좋아하신다. 나도 시간 여유가 있어 한동안 어머니 옆에 앉아 TV 드라마를 함께 보다가 출근하곤 했다. 의무 삼아 부득이 보게 된 드라마들은 나로서는 상상도 못 한 세상 이야기들이었다. 거의 형제, 친족, 애인, 친구 간에 벌어지는 부도덕한 일들을 소재로 한 어이없는 막장 드라마들이었다. 며칠을 거르고 보아도 그 내용을 이해하는 데 큰 무리가 없을 정도로 전개도 천편일률적이다. 하지만 서울이나 대구를 다녀오느라 한참 동안 TV를 보지 않았다가 의외의 일이 벌어지면 어머니에게 드라마의 내용을 설명해달라고 부탁드렸다.

"어머니, 저 친구 왜 저런다요?"

그러면 어머니는 흥분하여 주인공을 비방하면서 "왜 요즘 작가들은 저런 글들을 무책임하게 쓴다냐?" 하고 드라마 작가들까지 야단치기도 한다. 당신 세대의 윤리의식으로 도저히 받아들이기 어려운 일들이 벌어진 데 대하여 벌컥 화를 내며 안타까워하신다.

한참 드라마에 집중하던 어머니가 언젠가부터는 〈미

스트롯〉과 〈미스터트롯〉 프로그램에 열심이었다. 출연 가수들을 하나하나 분석하면서

"저 애는 목소리가 좋아야. 저 친구는 흥이 있어야"

하며 트로트 프로그램을 즐기신다. 나는

"어머니, 언제부터 트로트를 좋아하셨어요?"

하고 물었다. 어머니가 노래를 부르거나 음악 프로그램을 특별히 좋아했던 기억이 전혀 없었기 때문이다. 그러자 어머니는 엉뚱한 답을 주었다.

"요즘 드라마가 볼 것이 하나도 없어야. 그리고 모든 채널들이 노래만 틀어주니 별수가 없어서 그런다."

근자에 방영되는 TV 프로그램들이 만족스럽지 못함을 강하게 표시하였다. 근 2년간 여러 방송사들이 경쟁적으로 트로트 프로그램을 내놓다 보니 식상할 수밖에 없는 노릇이다. TV를 즐겨 보던 어머니가 어느 날부터인가는 중국 드라마에 몰입하기 시작했다. 주로 중국 역사 관련 프로그램이었다. 대진제국과 진시황, 측천무후, 서태후, 양귀비, 항우와 유방, 삼국지, 수호지 그리고 궁중 여인들의 암투기 등등 끝도 없는 이야기들을 즐기신다. 가끔은 봤던 것을 또 보기도 한다.

"왜 갑자기 중국 드라마를 그렇게 열심히 보셔요?"

"중국 드라마는 아는 내용이 나와서 그래도 낫다."

옛날에 들었던 이야기들이 TV로 방영되니 훨씬 친근감을 느낀 것이다. 나이 들면 들수록 익숙한 것에 친근감을 느끼는 노인들의 심정이 이해되었다. 나도 어머니 곁에서 중국 드라마를 자주 보다 보니 견물생심見物生心인지 전에는 관심 없던 중국 드라마에도 가끔 눈길이 가게 되었다.

그러나 문제는 TV가 거실에만 한 대 있다는 것이다. 가끔 뉴스를 보고 싶을 때 민망함을 무릅쓰고 드라마를 보는 어머니께 채널을 바꾸자고 하면,

"뉴스는 나중에 또 하니까 그때 봐라" 하며 드라마에 심취해 계신다.

가까이 사는 큰 여동생이 드나들면서 나이 든 오빠가 TV도 마음대로 못 보는 것이 마음에 걸렸던 모양이다.

"오빠 방에 TV 한 대 가져다 놓겠어요"

하고 제안하자 그 말을 듣던 어머니는 단번에

"안 돼" 하고 거절하셨다.

"왜요?"

동생이 되묻자 어머니는 뜻밖의 말씀을 하셨다.

"니 오빠는 공부해야 하는데, 방에 무슨 TV냐?"

오랜만에 돌아온 아들과 나란히 TV를 보고 싶어서 그러시려니 지레짐작하였는데 답은 너무나도 엉뚱했다. 어머니에게 큰아들인 나는 아직도 어머니 곁을 떠나기 전, 항상 책상 앞에 쭈그리고 앉아 공부만 하던 고등학생의 모습으로 새겨져 있었다. 지난 50년 동안 대학교수 생활을 하면서 나름대로 끊임없는 연구를 해온 아들이니 지금도 부지런히 공부를 해야 한다고 믿고 계신 것이다. 그런 어머니의 마음을 확인하고 반성하지 않을 수 없었다. 일흔 살인 나이가 무색해졌다. 어머니와 함께 살면서 어머니가 실망하지 않게 내 자신이 고교 시절의 젊은 나이로 돌아가야만 했다. 여하튼 이제는 도저히 내 방에 TV를 따로 두고 볼 수는 없게 되어버렸다.

어머니의 꾸지람

자식이 아무리 나이 들어도 어머니는 항상 자식 안위를 걱정하는 것이 보통이다. 나도 일흔이 넘어 어머니 곁으로 왔지만 아흔 넘은 어머니 마음은 여전히 물가에 내놓은 아이 보듯 자식 걱정으로 가득하다. 아침마다 집을 나설 때면 "길 조심해라", "차 조심해라", "술 조심해라" 등등 잔소리를 듣는 일이 일상이 되었다. 어머니께 들은 꾸지람 중 몇 가지는 여전히 내가 반성하고 새겨야 할 일들이다.

아직도 술 마시고 다니냐?

오랜만에 고향에 돌아와 지내다 보니 여러 사람들과 어울리게 되어 아무래도 회식이 잦을 수밖에 없다. 고교 선후배, 학계 선후배, 친척들, 아버지와 오랜 인연을 맺었던 분들, 대학 후배나 동료 교수 등등 만나야 할 사람도 많다. 고향에 살고 있는 동창 친구들과도 틈틈이 어울려야 했다. 회식이 잦다 보니 폭음은 않더라도 매번 몇 잔의 술을 걸치고 집으로 돌아가게 된다. 나름대로 조심하느라고 회식이나 술자리가 있을 때마다 좌중에게 "노모가 기다리고 계시니 일찍 돌아가야 한다"며 양해를 구하고 비교적 서둘러 집으로 돌아오곤 했다. 그러나 어머니의 눈에 비친 아들은 아무리 나이가 일흔이 넘었어도 걱정거리이다. 현관문을 열고 들어서서

"어머니, 다녀왔습니다"

하고 얼굴을 내밀면 나를 위아래로 훑어보곤

"너 아직도 술 마시고 다니냐?"

"예, 조금 먹었습니다"

"너는 하는 짓거리가 왜 네 애비하고 꼭 같냐"

하며 혀를 차신다. 그동안 치열하게 살아오면서 술 마시는 것도 망설이지 않았고, 술을 통해 친구, 선후배, 제자들과 소통하며 지냈다. 종종 아내에게 술을 절제하라는 잔소리를 들으면서도 한 귀로 흘려버리기 일쑤였는데 어머니의 꾸지람은 격이 다른 자극을 주어 마치 10대로 다시 돌아가 꾸지람을 들으며 새로운 삶을 사는 기분마저 들게 한다. 어머니는 여전히 나를 고등학교 3학년생 정도로 생각하시는 듯하다. 아흔 살 넘은 어머니에게 야단맞으며 사는 것이야말로 일흔 넘은 아들을 젊게 하는 회춘법이 아닐 수 없었다.

방송 출연 조심해라

2019년, KBS 〈아침마당〉에 출연하게 되었다. 항상 나에게 주어지는 주제는 건강 백세, 장수 사회 등이다. 내가 광주로 내려가서 어머니와 같이 살고 있다고 알려져서인지 이번에는 PD가 어머니를 모시고 함께 나오기를 적극 권하였다. 그것도 과히 나쁜 의견은 아니라고 생각하였고 아흔 넘어서 중앙방송 TV에 나오는 것도 기념이 되리라 생각하여 어머니께 의견을 여쭈었다.

"어머니, 그동안 아버지나 아들은 TV에 자주 나왔는데 이번에는 어머니도 KBS 〈아침마당〉에 한번 나가시면 어떨까요?"

그랬더니 단 1초도 안 걸려서

"내가 무슨 TV에 나간다냐. 절대 안 나간다"

라고 단호하게 거절하였다. 그래서 PD에게 어머니 출연이 불가하다고 통보하였다. 〈아침마당〉은 생방송이기 때문에 막상 출연한 날 방송 중에 진행자가 내게 어머니의 근황을 물었다. 하필 그때 여동생들이 어머니 아흔 살을 축하한다고 어머니를 모시고 홋카이도를 여행하고 있었다. 그래서 여동생들과 홋카이도 여행 중이라고 답하였더니 방청객과 대담 출연자들이 모두 놀라서 이구동성으로 어머니의 건강을 부러워했다. 그 후 집에 와서 어머니에게 그 말을 전했다가 또 한 번 꾸지람을 들었다.

"무슨 쓸데없는 소리를 온 세상에 떠들고 다니냐? 70이 넘은 나이에도 그런 실없는 소리 하고 다니냐?"

동생들 이야기를 들어보니 어머니 다니는 목욕탕 사

람들이 어머니만 보면 "홋카이도 여행 다녀오셨나요?" 하며 물어들 보아 민망해하셨다고 했다. 〈아침마당〉이 대중에게 인기 있고 시청률이 높은 줄은 알았지만 그 방송으로 어머니의 행적이 동네 사람들에게 노출된 것 같아 죄송한 마음 금치 못하게 되었다.

또 한번은 YTN 사이언스가 과학자 특집에 나를 초청했다. 나를 '장수 과학자 박상철 박사'로 소개하면서 내 일상생활을 밀착 취재하는 프로그램이었다. 서울대, 가천대, 삼성종합기술원, DGIST를 거쳐 전남대학교로 옮겨 온 과정, 현재 활동하고 있는 전남대와 DGIST에서의 연구 활동과 일상생활을 모두 영상에 담고 싶어 했다. 특히 일흔 살아들이 50년 만에 광주 집으로 내려와 아흔 살 어머니와 산다는 것에 관심들이 높았다. 그래서 어머니와 함께 생활하는 모습을 PD가 강력히 요구하여 어머니에게 말씀드렸다가 또 한 번 야단만 맞았다. "나이 든 모습으로 사는 것 보이고 싶지 않다"면서 거절하셨다. 어머니는 당신의 늙은 모습을 사람들에게 보이는 것이 싫은 것이다. 자식인 나에게는 어머니의 나이 든 모습이 너무도 자랑스럽고 사랑스러운데 어머니 생각은 전혀 다르셨다. 이래서 어머니와 함께 살며 나에게는 스스로 사서 야단맞는 일들이 계속되었다.

곰팡이 약 다 먹었냐?

　내 몸에 진균이 자리 잡고 산 지가 30년도 넘었다. 특히 발톱의 진균이 몇 번의 치료에도 낫지 않아 골치 아픈 일이었다. 그러나 항진균제는 간독성이 강하여 복용 중에 적어도 3개월 동안 술은 금기 사항이다. 사람들과 만나면서 여러 가지 일들을 처리하고 문제를 해결하기 위해 술을 마시며 생활해온 나에게 3개월 금주는 현실적으로 엄두도 낼 수 없는 일이었다. 그래서 진균과 더불어 몇십 년을 그냥 살아왔다. 그러던 차에 광주로 내려간 다음 해 여름이 끝날 무렵 어머니와 동생들 모두 함께 집 가까이에서 근무하는 피부과 전인기 박사에게 진료받기로 하여 나도 따라 나섰다. 전 박사와는 30년 전 대한피부연구학회를 창립하면서 만난 오랜 인연이 있었다. 하지만 이분이 우리 가족에게 인기가 높은 이유는 서울에 사는 남동생 때문이었다. 동생이 입술 주변 피부 질환으로 오래 고생하여 내로라하는 병원을 다니며 치료받았지만 효과가 없어 고심하던 차였다. 어머니를 뵈러 광주에 들렀다가 여동생들의 강권으로 전 박사에게 진료받았더니 바로 비타민B2 결핍증으로 진단하고 처방해주어 수 주일 만에 깨끗하게 나았다. 그래서 전 박사는 어머니를 비롯한 우리 가족들에게 신뢰받는 명의가 되었다. 옛날 의사들과 달리 요즘 의사들은 영양 결핍성 질환 환자를 보지도 못하고 그런 질환이 있으리라고는 상상도 못 하는 상황이 되어버렸다. 젊은 의사들에게 잊힌 질환이 되었지만 나이 든 의사들에게는 익숙한 질환이었다. 세월이 흐르면 질병 패턴도 변한다는 사실을 다시 깨닫게 된다. 전 박사는 우리 가족 모두에게 진균 치료제를 처방하고 3개월 동안 치료받게 했다. 나도 처방에 따라 약을 받아 왔으나, 그 무렵 부득이한 회식이 잦아져서 약 복용을 차일피일 미루었다. 그사이 어머니와 다른 가족들은 열심히 약을 복용했고 3개월 과정을 모두 마치고 진균에서 벗어났다. 그리고 몇 달이 흘러 계절이 바뀌고 구정이 되었다. 가족들이 모여 환담을 하던 도중 어머니가 물었다.

"너 곰팡이 약 다 먹었냐?"

"아니요. 아직 시작도 못 했습니다"라고 대답했다가 혼났다.

"아니, 모든 가족이 다 곰팡이 약 먹고 깨끗해졌는데, 너는 도대체 어떻게 된 거냐? 너 때문에 가족들이 곰팡이 다시 걸리겠다"라고 야단치시니 할 말이 없었다.

그래서 바로 그다음 날부터 약을 먹기 시작했고 그 후 3개월 동안 절대 금주하면서 내 몸에서 진균 퇴치를 성공적으로 이루어냈다. 발톱도 깨끗해졌지만 발바닥과 뒤꿈치가 두꺼운 각질로 늘 거칠었는데 이제는 매끈매끈 부드러워졌다. 오랜만에 말끔한 발과 발톱을 보니 개운한 기분이 들었다. 치료하면 고쳐지는 줄 뻔히 알면서도 이 핑계 저 핑계로 망설이고 망설이다 어머니에게 꾸지람을 듣고서야 비로소 결심이 섰다. 어머니의 야단이 가지는 위력에 자식으로서 순종하지 않을 수 없었다. 제아무리 의사요 박사요 교수라도 어머니 앞에서는 무력할 뿐이었다.

2장

소박하지만 아름다운 일상

어머니의 하루

어머니는 아침에 일어나면 우선 동네 목욕탕에 들렀다가 식사 후 바로 동네 병원으로 간다. 그곳에서 물리치료를 한 시간쯤 받고 특별한 일이 없는 날에는 오후에 마사지 센터를 들렀다가 온다. 이렇게 의원 신세 지는 일이 어머니와 동네 노인들에게 일상화되어 있다. 의료 자원의 낭비라는 생각을 하면서도 노인들이 좋아하는 일상이 되어버렸으니 뭐라 할 수도 없다. 그리고 나면 어머니는 여동생과 광주 변두리 양과동에 있는 밭에서 농사짓는 일을 가장 좋아하셨다. 지금 살고 있는 아파트에서 자동차로 20분도 안 걸리는 광주 변두리 지역이기에 거리상으로도 부담이 없는 곳이다. 그런데 이곳이 마법의 장소로 바뀌었다. 집에 딸린 100평

남짓한 텃밭에서 철마다 온갖 채소가 쏟아져 나온다.

　몇 년 동안 어머니께서 정성을 가득 쏟은 덕분이다. 주로 큰 여동생이 매제와 더불어 농사를 짓지만 농사 경험이 없기 때문에 하나하나 어머니와 상의하여 종자도 선택하고 시기도 맞추어 심고 가꾸고 거두어들이고 있다. 어머니는 말로만 하는 것이 못 미더워서 직접 밭에 나가 풀도 뽑고 거름을 주고 철 따라 작물 관리하는 방법을 몸소 보여주셨다. 그런데 아흔이 넘어서면서 한 해 한 해 건강 상태가 달라지고 본격적인 노쇠 패턴에 들어서고 있다. 그렇게 신나게 움직이면서 적극적으로 사셨는데 아흔 넘어 폐렴을 앓고, 아흔한 살부터 임플란트를 열다섯 개 하느라 2년여 고생하시고 아흔셋에 심장판막 이식 시술을 한 이후로는 의욕을 크게 잃으셨다.

　그 좋아하던 양과동 가는 일도 조금씩 귀찮아하신다. 몸이 불편해지기 시작하니 마음도 차차 닫혀가는 듯하다. 매일 다니던 동네 목욕탕도 가지 않게 되었다. 여탕이 목욕탕 2층에 있어 층계를 오르내리기가 힘들어졌기 때문이다. 동생들이 어머니 마음을 움직여보려고 열심히 노력하고 있지만 어머니는 예전만큼 활발한 모습으로 돌아가지 못하고 있다. 노화를 연구하는 자식의 입장에서 노쇠해가는 어머니에게 해드릴 것이 별로 없어 안타깝기만 하다. 가까이에서 어머니의 삶을 바라보면서 직접적인 도움을 드릴 수 있는 연구가 아직도 부족하고 미진하여 가슴이 먹먹해지고 때로는 찡한 안타까움을 느끼고 있다.

이웃과
더불어 사는 법

광주에 내려와 어머니와 같이 생활하면서 크게 감동한 점은 동네 사람들의 긴밀한 유대이다. 특히 아파트 단지로 들어오는 길목에 위치한 '명문목욕탕'은 참 신기한 곳이다. 어머니는 그 목욕탕 손님들 중에서 제일 연로한 어른이다 보니 특별한 대접을 받았다. 새벽에 목욕탕에 가면 동네 아주머니들이 서로 나서서 어머니 등을 밀어주고 머리를 감겨드렸다. 이 목욕탕은 단순히 목욕에 관계된 일뿐 아니라 일상의 다양한 문제들에 대해서 서로 정보를 나누고 도와서 해결해나가는 만사형통의 장소이다. 목욕탕에는 이발소, 미용원, 식당, 반찬 가게, 떡집, 옷 가게, 전파상, 교사, 약국 할 것 없이 모든 살림살이에 관련된 동네 사람들이 모여 매일 새벽 함께 목욕하면서 정보를 공유하고 애환을 나눈다. 그곳에서 간호대학 교수인 큰딸과 의과대학 교수 막내 사위를 둔 어머니는 동네 사람들이 병에 관해서 하소연하면 언제나 도와줄 수 있는 처지라 입장이 특별하였다. 거기다가 큰아들인 나도 가끔 TV에 나와 강연도 하고 대담도 하다 보니 동네 사람들이 어머니에게 자식들에 대한 이런저런 말들을 건넬 일이 많았다. 내가 가끔 TV에 나온 것이 어머니의 위상을 세워준 셈이 되었고 결과적으로 나의 유일한 효도 방법이 되었다. 동네 사람들이 모여드는 목욕탕 가족 중에서 어머니는 동네 큰 할머니이다.

어머니는 동네 사람들이 모두 함께 살아야 한다는 강한 신념을 가지고 있다. 그래서 무엇이든 나누어 먹고 더불어 살려고 노력한다. 이전에 산수동에 살 때는 여름철에 수박이나 참외를 파는 과일 장수가 수레를 끌고 동네에 들어오면 통째 사서 골목 안 집집마다 과일을 나누어주셨다. 자식들이 굳이 그럴 필요가 있냐고 물으면 "더운데 수레 끄느라고 얼마나 고생하느냐. 그리고 동네 사람들이 나누어 먹으면 좋지 않냐. 쓴 것이 가면 단것이 온다" 하면서 웃어넘기셨다. 이사한 후로는 한동안 아파트 단지 위원장을 맡아 쓰레기 처리며 조경에 열성을 다하여 주민들에게 칭송을 받기도 했다. 목욕탕 가족들과도 한집안 같은 관계를 맺고 살다 보니 10년, 20년 세월 동안 정이 쌓여 하나의 끈끈한 공동체를 이룰 수 있었다. 가끔 어머니가 몸이 불편하여 목욕탕에 가지 못하면 목욕탕 가족들은 궁금해하고, 어머니와 연배가 가까운 분들은 수시로 집에 찾아와 안부를 살피곤 한다. 그뿐만이 아니다. 어떤 목욕탕 가족은 자신들의 텃밭에서 수확한 채소나 과일을 슬그머니 집 앞에 두고 가기도 한다. 아직도 도시에서 이웃과 어울리며 나눔의 삶을 살아가는 공동체가 가능함을 동네 사람들과 더불어 어머니가 몸소 실천하여 보여주고 있다.

믿음의 힘

어머니의 일상에서 또 하나 중요한 것을 꼽자면 바로 신앙생활이다. 어머니의 천주교 세례명은 '수산나'이다. 이 세례명에는 사연이 있다. 나의 초등학교 시절 친구의 어머니는 천주교 평신도이지만 이웃이 어려움에 처하면 앞장서서 봉사하고 여러 구호단체들을 적극적으로 후원하던 분이었다. 학부모 모임에서 알게 된 이분의 영향을 받아 어머니는 신도가 아니면서도 음성 꽃동네, 소록도 나환자촌 등에 성금을 보내기 시작하셨다. 매년 성금을 자식들인 우리 이름으로 보내셨다. 그러자 친구 어머니는 매번 어머니 몫의 성금을 '수산나'라고 이름을 지어 보냈다. 그래서 어머니는 나중에 세례를 받으면서 신부님께 부탁하여 '수산나'라는 이름을 세례명으로 받았다. 이후 어머니는 항상 기도하는 마음으로 사셨다. 앉아 계시는 자리에는 늘 성경과 기도서 그리고 성당에서 보내준 소식지가 펼쳐져 있다. 거실에는 성모상과 십자가를 모신 기도대가 있는데, 그 앞에서 가족의 건강을 빌고 자식들의 성공을 간절히 비는 어머니의 모습을 보노라면 저런 정성이 있어 우리가 이만큼 안전하게 건강하게 잘 살게 되었구나, 하는 생각을 하지 않을 수 없다.

어머니는 세례를 받았지만 아버지는 상당 기간 교회를 거부하셨다. 할머니도 독실한 천주교 신자이고 할아버지도 운명하실 적에 대세를 받고 종부성사를 하여 신도가 되었지만 아버지는 성묘도 하고 제사도 지내야 하는 유교적 전통을 고집하면서 천주교로 귀의하지 않으셨다. 그러다 건강이 악화되면서 어머니의 간곡한 설득으로 마침내 천주교 교리를 정식으로 공부하고 세례를 받으셨다. 아버지는 할아버지의 세례명인 '베드로'를 그대로 이어받길 원했고 신부님이 그대로 해주셨다. 아버지는 당신이 할아버지를 이은 '베드로 2세'라며 어린아이처럼 좋아하셨다. 이후 나와 남동생, 여동생 가족들이 모두 천주교 신도가 되자 아버지와 어머니는 매우 기뻐하셨다. 그 모습을 보면서 조그만 효도를 한 것 같았다. 아버지 생전에 광주에 내려가 일요일이 되면 형제들과 함께 부모님을 모시고 집 가까이 있는 학운동 성당에 가서 함께 미사를 드리곤 했는데, 부모님이 크게 기뻐하셨던 모습이 지금도 눈에 선하다.

꽃 사랑

꽃을 좋아하는 어머니 덕분에 집은 항상 다양한 꽃들로 가득하다. 전에 살던 궁동 집이나 산수동 집은 단독주택이어서 마당이 있었다. 마당에는 칸나, 맨드라미, 채송화, 파초, 분꽃, 나팔꽃, 장미, 달리아 같은 화초들과 무화과나무, 무궁화나무, 감나무 등이 철 따라 줄지어 꽃을 피웠다. 특히 궁동 집에는 100년 묵은 커다란 팽나무가 있었다. 어머니가 나이가 들어 생활의 불편함을 덜고자 아파트로 이사를 결정하면서 가장 고민하였던 점이 바로 뜰이 없다는 것이었다. 결국 소태동의 대아아파트로 이사 와서 베란다에 화분을 놓고 각종 꽃을 심었지만 이에 만족할 수 없었다. 어머니는 아파트 단지 위원장을 맡은 이후로 주변 공간을 화단으로 바꾸고 직접 나서서 다양한 화초들과 나무를 가득 심어 주민들의 환영을 받았다. 이제는 연로하여 아파트 일은 하지 않지만 그 대신 베란다의 화초에 더욱 관심을 기울인다. 베란다에는 향기가 진한 각종 허브들과 꽃들이 즐비하다. 군자란을 필두로 하여 시클라멘, 용설란, 선인장, 한란, 제라늄, 베고니아, 콩란, 서향, 장미허브, 치자, 바질, 로즈메리, 목화, 그 밖에도 이름 모를 꽃들을 화분에 가득 심어두었다. 물론 거실에도 항상 산뜻한 생화가 피어 있다. 틈만 나면 어머니는 화초들에 물을 주며 싹을 틔우고 꽃을 피우고 향기를 내며 뿌리를 내려 자라는 모습을 바라보며 즐거워하신다. 그래서 나도 타지에 갔다가 돌아올 때면 가끔 광주송정역에 있는 꽃 가게에서 장미나 달리아 등의 꽃다발을 사다 드렸는데, 그때마다 어머니는 꽃병에 꽂아두고 좋아하셨다.

어머니는 꽃 축제가 있다면 어디든지 딸들을 채근하여 찾아간다. 철 따라 광양 매화, 화순 국화, 불갑사 상사화, 오동도 동백, 곡성 코스모스, 구례 산수유, 영암 왕인마을 벚꽃, 군산 벚꽃, 조선대 장미 축제 등을 찾아다니면서 꽃을 보며 어린 소녀처럼 좋아한다. 나도 귀향하여 두 번째 해 이른 봄날에 제2수원지 매화가 볼만하다 하여 어머니를 따라갔다. 수원지 너른 공간에 백매, 홍매가 단아하게 피어 있었는데 갑자기 어머니가 큰 소리로 나를 불렀다.

"여기 노랑어리연꽃이 피었다."

무슨 꽃인가 하고 가보았더니 마른풀 더미 사이로 노란 복수초가 피어나고 있었다. 겨울 지나고 땅속에서 솟아오른 봄맞이 복수초의 모습을 신기하게 들여다보고 있는데 어머니가 "작지만 꼭 연꽃 같구나" 하며 감탄하셨다. 코로나 사태로 꽃 축제들이 취소되거나 축소되었을 때에도 일부러 꽃 피는 곳을 찾아가서 빙그레 미소를 지으셨다.

어머니의 기억력은 타의 추종을 불허헌다. 특히 꽃에 대해 해박해서 가까이 사는 두 여동생이 혀를 내두를 정도다. 어머니가 워낙 꽃을 좋아하시는 데다 꽃과 관련한 기억이 특별하기 때문이다. 어느 철에 어디에 무슨 꽃이 피는가를 꿰고 계셔서 때가 되면 여동생들은 어머니를 모시고 꽃구경을 가야 했다. 봄이 지나가는 어느 날, 어머니는 갑자기 "태산목이 꽃 필 때가 되었다" 하더니 당신이 보신 태산목의 소재지들을 열거하기 시작하였다. 태산목은 목련과 비숫하게 키도 크게 자라고 오뉴월이 되면 짙은 향기를 내뿜는 하얀 꽃을 피워 어머니가 좋아하는 나무이다. 어머니는 고창읍성 입구 광장에 있는 태산목이 아름답고 향기로웠다고 하더니 과거 비아읍 건너편 우리 집안의 산에 심어둔 태산목이 그 지역의 도시계획으로 정리되어 이제는 없어졌을 거라며 아쉬워하셨다. 지금의 아파트로 이사 오기 전에 살았던 산수동 옛집 마당의 태산목이 잘 자라고 있는지 궁금하다 하여 여동생들이 어머니를 모시고 그 집에 가서 태산목의 안위를 확인하고 온 적도 있었다. 다행히 나무가 없어지지 않고 그대로 있다며 무척 반가워하셨다. 한번은 어머니가 큰 여동생이 근무했던 전남대학교 학동 캠퍼스 간호대 건물(현재는 의학박물관) 뒤쪽에 큰 태산목이 있다고 해서 여동생과 논쟁이 벌어졌다. 30년 내내 그곳에 근무하면서도 태산목을 신경 쓰지 않고 살았던 큰 여동생은 잠깐잠깐 지나가다 보았을 뿐인 어머니의 주장에 무슨 태산목이냐고 반박하였다. 그러나 어머니가 나무의 위치나 크기, 색깔을 조목조목 설명하자 여동생도 꼼짝 못 하고 인정하지 않을 수 없었다. 그래서 전남대병원에 가는 길에 그곳에 들러 확인해보았더니 정말로 우람한 태산목이 서 있었다. 우리가 늘 접하면서도 무심한 탓에 인식하지 못했던 것들을 어머니는 잠깐이라도 유심히 살펴보고 모두 기억하고 있었다. 이제 겨우 일흔 살 된 딸은 아흔다섯 살 어머니의 기억력을 도저히 따라가지 못한다고 자인할 수밖에 없었다. 태산목 때문에 새삼 어머니의 놀라운 관찰력과 엄청난 기억력에 감동하지 않을 수 없었다. 기억력의 차이는 나이의 차이가 아니라 바로 관심도의 차이에서 기인함을 다시금 확인할 수 있었다.

어머니 고집

어머니의 고집은 자식들 입장에서는 난공불락이다. 더구나 어머니가 아흔이 넘은 이후로는 "내가 자식 넷을 낳아 먹고 살 만큼 키웠는데 이것도 내 마음대로 못 해야?" 하면서 고집을 피우시면 제아무리 예순 넘고 일흔 넘어도 자식으로서 거부할 도리가 없다. 아버지가 돌아가신 이후로 어머니의 고집은 더욱 뚜렷해졌다. 어머니 고집으로 가장 힘들어하는 것은 두 여동생들이다. 여동생들도 이미 일흔이 가깝거나 넘었는데도 불구하고 어머니에게는 아직 어리고 젊은 딸들일 뿐이다. 마음에 둔 것이 있으면 망설이지 않고 딸들에게 이것저것 시키는 통에 아들인 나로서는 여동생들에게 미안함과 고마움을 느끼지 않을 수 없었다. 툴툴거리면서도 어머니의 뜻을 모두 받아주는 여동생들의 모습을 보면 새삼 가족의 의미를 되새겨보게 된다.

어머니가 아흔두 살 되던 해 봄날, 코로나 사태가 발생하여 멀리 가지 못하고 꽃구경 삼아 여동생들과 무등산 밑 제2수원지를 찾았다. 댐 아래 넓은 뜰에는 하얀 매화와 붉은 매화가 가득 피어 있었고 노랑 민들레, 노랑 복수초도 여기저기 피어 있었다. 그러다가 어머니가 막 땅을 뚫고 올라오는 쑥부쟁이를 보셨다. 그날 집에 돌아와 저녁 식사를 하던 도중 "2주 뒤에 제2수원지에 쑥부쟁이 캐러 가자" 하고 제안하셨다. 그러나 여동생들이 그때는 여러 가지 일정으로 도저히 시간 내기가 어렵다고 하자 "그러면 혼자 택시 타고 갈란다" 하며 고집을 피우셨다. 제2수원지는 거리가 멀어 차편이 없으면 가기 어려운 곳인데 아흔 살 넘은 어른이 쑥부쟁이를 캐러 가겠다니 딸들이 말린 것이지만 소용이 없었다.

"어머니, 왜 꼭 그곳 가서 쑥부쟁이를 캐려고 하시나요?"

쑥부쟁이라면 아파트 뒷산에도 얼마든지 있기 때문이

다. 그랬더니 어머니는

"쑥부쟁이는 도로에서 200미터 떨어진 곳에서 캐야 해"

라면서 위생 문제를 거론하였다. 그래도 그 정도 거리라면 굳이 제2수원지까지 갈 필요는 없다고 동생들이 반박하였다.

"다른 가까운 곳도 많잖아요?"

"그곳 쑥부쟁이가 좋다."

"쑥부쟁이는 흔하잖아요?"

"다른 곳은 쑥부쟁이가 아니라 빼부쟁이야."

"어떻게 달라요?"

"쑥부쟁이는 잎이 뾰족하고 빼부쟁이는 넙덕해야."

한참 논쟁하였지만 어머니의 고집을 당해낼 재간이 없었다. 당신이 보아두었던 제2수원지 쑥부쟁이는 다른 곳의 그것들과는 상대가 안 되는 절대 상품이라는 것이었다. 결국 남순댁을 불러 어머니와 함께 제2수원지에 가서 쑥부쟁이를 캐 오도록 했다.

또 어느 날은 어머니께서 나에게 동과冬瓜를 구해보라고 말씀하셨다. 평소 내게 그런 심부름을 시키지 않으셨기 때문에 동생들에게 연유를 물어보았다. 그랬더니 얼마 전부터 양과동 밭에 동과를 심겠다고 하셔서 동생들이 이구동성으로 말렸다고 했다. 양과동 밭에 워낙 많은 종류의 채소를 심어 공간도 부족할뿐더러 어머니가 원하는 대로 동과정과를 만들려면 보통 복잡한 일이 아니기 때문이었다. 어머니가 동과에 애착을 가지게 된 것은 외할머니 때문이다. 큰아들인 외삼촌이 천식으로 오래 고생하다 보니 외할머니는 철 따라 동과정과를 만들어 보내셨는데, 어머니는 그것을 기억하시고 동과정과가 몸에 좋다고 생각하여 우리에게 해주려 마음먹은 것이었다. 그러나 어머니의 동과정과 제조법은 옛날 방식으로 동과의 껍질을 벗긴 다음 그 위에 꼬막을 태워서 가루 내어 뿌려 간을 하고 다시 식혜를 빚어 졸여서 만든 조청에 담가 만드는 것이었다. 그러려면 으레 어머니는 순창 외갓집의 작은외삼촌에게 연락하여 꼬막을 태워서 가루를 만들어 오라고 시킬 것이고 아흔이 다 된 외삼촌은 지금도 누님의 지시에 따라 그리할 것이라며, 동생들이 친척들까지 괴롭히며 일을 벌이지 않도록 어머니를 설득했다고 했다. 그래서 이러저러한 핑계로 동과 구입을 거부해오다 보니 드디어 내게 명령이 떨어진 것이다. 자초지종을 듣다 보니 나도 어머니 말씀을 따르기가 망설여졌다. 결국 어머니께 서울의 마트나 시장에는 요즘 동과가 없다고 거짓말할 수밖에 없었다. 이후에도 어머니는 수시로 남순댁에게 남광주시장에 동과가 나오는지 꼭 확인해보라고 부탁하였다. 자식들에게 좋은 것을 만들어주고 싶은 마음에, 동과에 대한 짙은 미련을 버리지 못하고 계셨다.

양과동 마법

양과동에 농가 주택을 가지게 된 것은 우연한 일이었다. 양
과동에 자리 잡고 사시던 친할머니 친정 식구인 외이종 누
님이 농사지어 수확한 농작물을 해마다 우리 집에 가져다
주었다. 그 누님도 기구한 삶을 살아온 분이었다. 누님의
아버지인 당숙 되는 분은 일제강점기에 집안을 정리한 후
만주 봉천으로 이주해 부농을 이루었다. 덕분에 누님은 일
제 시절 만주 신경여고를 나온 인텔리였으나, 해방되고는
빈손으로 귀국할 수밖에 없었다. 일찍이 과부가 되어 광주
에서 식당을 운영하였지만 나이가 들어 사업을 접고 안주
하기 위해 양과동에 집과 밭을 마련하였다. 그러나 건강이
나빠지면서 부양해줄 가족이 없어 요양 시설에 들어가게

되었고, 우리 가족이 그 집을 인수하기를 원하여 우리가 인계받은 것이다. 누님은 그곳에서 20년 넘게 농약을 전혀 쓰지 않고 오직 유기농 농사를 지어왔기 때문에 양과동 밭은 무공해 식품을 얻을 수 있는 최적의 조건을 갖추고 있다. 따라서 어떤 농사를 짓든 간에 농약 대신 사람 손이 많이 갈 수밖에 없는 곳이다. 그런데 어머니가 나서서 본격적인 농사를 짓기 시작했다. 그리고 그 집은 마치 농작물 백화점 같은 곳이 되었다.

수박, 호박, 박, 주키니, 구기자, 가지, 오이, 감자, 돼지감자, 강황, 야콘, 우슬, 고구마, 토란, 상추, 배추, 방아, 어성초, 초석잠, 오가피, 당귀, 참나물, 부추, 시금치, 완두, 줄기콩, 호박콩, 작두콩, 여주, 수세미, 양파, 마늘, 대파, 실파, 머위, 아스파라거스, 둥굴레, 옥수수, 블루베리, 고수, 딸기, 치자, 들깨, 보리똥, 아욱, 무, 도라지, 더덕, 흰민들레, 흰접시꽃, 오이고추, 꽈리고추, 청양고추, 쑥갓, 달래, 청경채, 방풍나물, 천년초, 골단초 등등 채소 가게를 방불케 하는 거의 모든 종류의 채소가 철 따라 쏟아졌다. 그 밖에도 감나무, 자두나무, 석류나무, 포도나무, 대추나무, 뽕나무, 매화나무, 무화과나무, 비파나무, 금목서, 은목서, 소나무 등이 자라고 있어 온갖 과일도 얻을 수 있다. 100여 평 남짓한 조그만 공간에서 70종이 넘는 다양한 농산물이 나오리라고는 상상도 못 했다. 그 작물들을 키우려면 무엇보다 때를 맞추어 거름 주고 물 주는 일이 중요하다. 또한 유기농으로 키워야 하기 때문에 병충해를 줄이기 위해 일일이 벌레를 손으로 잡거나 EM액을 만들어 사용해야만 했다. 특히 한여름에 얼마 동안 비가 안 오면 작물에 물을 주어야 한다면서 아무리 폭염이라도 어머니는 여동생들을 채근하여 물을 주고 오게 지시하였다. 또한 작물 중에서 흰 꽃을 피우는 것만이 약효가 좋다면서 매년 흰민들레와 흰도라지만 놓아두고 다른 색의 작물들은 모두 없애버렸다. 양과동 밭은 흰민들레, 흰도라지, 흰접시꽃 일색으로 바뀌었다.

그래서 우리 집에서 먹는 모든 채소는 양과동에서 공급되는 무공해 유기농 농작물들이다. 식사할 때마다 식탁에 가득한 채소들을 맛보면서 항상 놀란다.

"아니, 이것도 양과동에서 나오나요?"

내게는 양과동이 마법의 장소 같다. 그리 넓지도 않은데 저렇게 많은 종류의 농작물이 철 따라 나오는 게 신기하기만 하다. 서울에 살 때는 상상도 못 한 사치를 고향에 돌아와서 누리는 셈이다. 어머니의 고집과 집념 덕분에 가능한 일이다. 아무리 동생들이 반대해도 소용이 없다. 어머니가 종자를 구해 오라면 구해 와야 했다. 어머니가 건강할 때는 그 밭을 지휘 감독하며 손수 농사를 짓고 풀을 뽑았다. 병치레로 거동이 불편해졌을 때도 어머니 머릿속은 오로지 양과동 밭에 무엇이 어떻게 자라고 어느 작물을 언제 심어야 하는가, 언제 물을 주어야 하는가, 라는 생각으로 꽉 차 있다. 그래서 여동생들과 매제들은 어머니의 지시에 따라 종자별로 때를 맞추어 심고 챙겨야 했다. 그리고 어머니는 아무리 몸이 불편해도 여동생들이 양과동에 가자고 하면 기꺼이 억지로라도 몸을 일으킨다. 양과동은 어머니에게 최상의 활동 공간이자 힐링 장소이다.

❀ ❀ ❀

앞서 언급했듯 양과동은 어머니에게 특별한 공간이다. 당신이 생각한 온갖 작물을 마당이나 텃밭에 심어놓고 가꾸면서 세월에 따른 생명의 변화를 느끼고 기쁨을 찾는 장소이다. 한동안 건강이 좋지 않아서 발길이 뜸했는데, 어머니는 건강을 회복하자마자 바로 양과동을 찾아 작물들을 보살피며 풀을 뽑고 거름을 주기 시작하였다. 아흔다섯이 넘었는데도 직접 활동하는 모습을 보며 장수 연구자인 나로서는 다행이라고 생각하였다. 그러나 좋은 일이 있으면 궂은 일이 따른다는 옛말이 틀림없음을 깨닫는 일이 생겼다. 바쁜 일정으로 3주 만에 광주에 내려갔더니 어머니 모습이 매우 초췌했다. 놀라서 큰 여동생에게 물었더니 "엄마 발 좀 봐요"라는 답이 돌아왔다. 어머니 발을 보니 무릎까지 퉁퉁 부어 있고 피부에는 염증이 가득했다. 양과동 텃밭에 나가서 손발을 보호하지 않고 일하다가 풀독이 심하게 오른 것이었다. 큰 여동생이 어머니를 모시고 병원을 가려 했지만 거부하고 버티다가 가려워서 긁다 보니 심하게 덧난 상태였다. 작은 여동생까지 설득에 가세해서 겨우 피부과 치료를 받게 했지만 살 만큼 살았다며 병원 가기를 꺼려하는 어머니의 모습을 보며 씁쓸할 수밖에 없었다. 당신이 좋아해서 하는 일이었지만 결국 이런 부작용이 일어나니 어머니도 착잡하셨을 것이다. 그렇다고 밭에서 소일하는 것을 막을 수도 없고 조심하도록 채근할 수밖에 없지만 어머니는 딸들의 잔소리를 듣기 싫어하셔서 분위기가 흐려지기도 한다. 그러면 아들인 내가 나서서 어머니를 달랠 수밖에 없다. 노자가 가르쳐준 '좋은 일이 있으면 반드시 궂은 일이 따라온다道高三丈 魔高三丈'라는 옛말이 틀림이 없다. 몸이 불편한데도 불구하고 병원에 가지 않으려는 어머니 마음의 저변에는 병원 출입하면서 자식들을 귀찮게 하지 않을까 하는 우려가 깔려 있음을 충분히 짐작한다.

TV가 문제였다. 어머니는 TV를 보다가 건강 관련 프로그램이 나오면 관심 있게 보고 반드시 메모를 해두었다. 음식의 다양한 요리 방법에 주목하고, 특히 산이나 들에서 구할 수 있는 천연 약재가 등장하면 바로 구해보려고 시도했다. 뜰이나 밭에서 쉽게 키울 수 있는 채소류라면 바로 딸들에게 지시하여 묘목이나 종자를 구해 오도록 했다. 그래서 양과동의 마당과 밭에는 정말 다양한 종류의 화초와 채소가 가득하다.

그중에서 문제 된 것이 천년초였다. 백년초나 천년초 모두 꽃이 예쁘고 볼만하지만 이들이 건강에 여러모로 좋다는 TV 광고를 들으시더니 종자를 구해 와 뜰에 심도록 하였다. 문제는 천년초의 가시였다. 천년초는 작은 가시를 감

추고 있다가 접근하면 따끔하게 쏘기 때문에 밭일을 해야
하는 여동생들은 불평을 뱉지 않을 수 없게 되었다. 마치
가시가 날아다니는 것같이 찔러서 괴롭다고 하소연하며 치
우자고 했지만 어머니는 고집을 꺾지 않았다. 건강에 도움
이 된다는데 무슨 소리를 하느냐는 것이었다. 소위 건강 장
수 전문가라는 큰아들인 내가 나서서 말리려고 해도 아무
소용이 없었다. TV에서 나오는데 어찌 거짓이겠냐며 반박
하면 할 말이 없었다. 나이 든 분들에게 TV와 같은 매체가
얼마나 중요한지 새삼 깨달았다. 여동생들은 고심하다가
어머니가 건강상 자주 양과동을 찾지 못하게 되자 슬그머
니 천년초를 없애기 시작했다. 양쪽 끝에서부터 하나씩 하
나씩 어머니 눈에 띄지 않게 없앨 수밖에 없었다.

쉼이 없는 삶

겨울이 되면 양과동에 일이 없어진다. 아흔다섯 살 어머니는 봄부터 가을까지 내내 찾던 양과동에 갈 일이 없어지자 "심심하구나" 하며 또 일을 벌이기 시작하셨다. 남순댁에게 부탁하여 막걸리를 사 오게 하더니 막걸리식초를 만드셨다. 그런데 식초 만드는 일은 기다리는 것이 주이다 보니 별로 힘이 들지 않았던 모양이다. 이번에는 겉보리를 닷 되 사오라고 하셨다. 겉보리를 사서 무엇에 쓰실 건지 묻자 "엿기름이나 짤란다" 하셨다. 그런데 엿기름 짜는 것을 곁에서 보니 단순한 일이 아니었다. 겉보리를 씻어 체에 받쳐 키우다가 다시 말린 다음 빻아서 보관해두었다가 필요에 따라 찹쌀식혜도 만들고 조청도 만드는 복잡한 과정임에도 불구하고 어머니는 일을 또 벌였다. 2, 3주 있다가 광주로 내려갔더니 저녁 식사 후에 남순댁이 "박사님, 할머니가 만드신 식혜예요. 맛보세요" 하면서 식혜를 내왔다. 정말 달고 부드러운 맛의 식혜였다. 어머니는 그냥 앉아 있는 법이 없었다. 항상 무엇인가 하려고 궁리하였다. 특히 TV 프로그램에 나오는 특별한 요리는 꼭 메모를 해두었다가 직접 만들어보거나 남순댁에게 부탁해 만들게 하였다. 여동생들은 어머니가 식재료를 구해달라 요청하면 툴툴거리면서도 기꺼이 구해 왔다. 어머니의 삶에 쉼이란 단어는 없었다. 어머니의 지론은 간단하다. "가만있으면 뭐 한다냐?" 끊임없이 무언가를 시도하는 삶의 자세가 바로 장수인들의 공통적 특징이라는 것을 어머니의 삶에서도 확인할 수 있었다.

어머니가 살고 있는 대아아파트는 건축한 지도 오래되었고 아버지와 어머니의 손때가 곳곳에 묻어 있는 곳이다. 특히 아버지의 살림에서 큰 비중을 차지하는 것은 책들인데 광주 전남 무등산 관련 책을 중심으로 향토 문화와 역사, 전설에 관련한 다양한 자료들이 가득하다. 아버지 사후, 이 책과 자료들을 광주 향토 문화 관련 기관에 기증하기 위해 여러 가지를 검토하고 있다. 반면 어머니의 살림은 베란다와 지하실에 있는 각종 저장 발효 음식들과 화초를 키우는 화분들이 대종이다.

아흔세 살 넘어 대동맥판막 시술을 하고 나서는 밭에 나가서 직접 일하는 것이 어렵다고 생각하고 집 안에서 농사짓는 일을 대신하려 하였다. 그동안 화분에 키우던 화초 대신 베란다에서 메밀도 키우고 새싹보리도 키우기로 하셨다. 그래서 동생들에게 양과동 집에 있는 시루들을 가져오라고 하였다.

"엄마, 시루는 뭐 하게요?"

"메밀도 키우고 새싹보리도 키워야겠다."

"엄마, 양과동에서 키우고 있으니 자라면 가져올게요."

"아니야, 내가 직접 키워야겠다."

결국 큰 여동생이 시루들을 가져다주었다. 새싹보리가 건강에 좋다는 TV 광고를 보고서 당신이 직접 키워 자식들에게 먹여야겠다고 작정하신 것이다. 덕분에 광주 집에서는 어머니가 직접 키운 새싹보리로 가루를 내어 아침 식사 때 우유에 타 먹곤 한다. 새싹보리만이 아니었다. 으레 콩나물과 숙주도 집에서 키웠다. 이러한 어머니의 정성으로 온 가

족이 날마다 신선한 무공해 식품을 먹을 수 있으니 감사한
일이다.

❊ ❊ ❊

가끔 저녁 식사 후에 나란히 앉아 있다가 어머니께서
노트형 달력에 메모를 하는 모습을 본다. 어느 날 우연히
어머니가 메모하는 것을 곁눈질해 보니 달력에 적힌 날짜
에 어떤 모양을 그리고 계셨다.

"어머니, 무엇을 적어두시나요?" 하고 묻자 의외의 답을
주셨다.

"매일 관찰한 달 모양을 그린다."

"무엇 때문에 달 모양을 그리셔요?"

"달 모양 변화가 신기하지 않으냐."

어머니는 여전히 자연의 변화에 흥미를 가지고 관찰해
온 것이었다. 달 모양 변화도 그리지만, 비가 오거나 눈이
오거나 매일매일 그날의 날씨를 달력에 표시하면서 양파동
농사 걱정을 도맡아 하신다. 농사짓는 사람들은 날씨 변화
에 민감하다는데 어머니는 조그만 밭을 가꾸는 데도 그런

정성을 기울이고 있다.

또한 어머니의 달력에는 가사도우미로 40년 가까이 우리 집에 오는 남순댁의 출근 기록이 적혀 있다. 월말이면 급여를 주어야 하니까 일자별로 정확히 기록하려는 것이다. 남순댁은 정해진 날에도 오지만 집안에 특별한 일이 있으면 수시로 오기 때문에 날짜에 차질이 생기면 안 된다고 어머니는 사려 깊게 생각하고 있었다. 남순댁은 40여 년을 다니면서 이미 가족이 되었으니 급여를 적당히 받으려고 하는데도 어머니는 하루라도 손해 보게 해서는 안 된다는 생각이었다.

어머니의 친구들

어머니는 평생을 아버지와 함께 살면서 아버지 지인들 뒷바라지가 주였고 어디 놀러 가더라도 아버지와 함께하는 것이 거의 전부였기 때문에 어머니만의 친구는 별로 없었다. 가까이 사는 이웃과 광주에 사는 몇 안 되는 고향 친구가 전부였다. 그중에서 어머니가 가장 편하게 생각하는 상대는 선미 엄마라는 분이었다. 산수동에 살 때 옆집 살았는데 어머니보다 열 살 정도 아래였지만 어머니를 친언니처럼 가까이했다. 우리 집에 올 때 항상 문으로 들어오지 않고 낮은 뒷담을 넘어 찾아오곤 해서 우리 가족들이 놀리기도 했지만 아랑곳하지 않은 소탈한 분이었다. 어머니가 산수동에 살다가 소태동 아파트로 옮겼을 때 선미 엄마네도 따라

이사 왔을 정도로 어머니와는 떼려야 뗄 수 없는 특별한 관계였다. 어머니와 선미 엄마는 산행을 좋아해서 무등산, 내장산, 화순동복 등지를 함께 다니며 수많은 에피소드를 만들고 우정을 다졌다고 한다. 어머니는 가끔 선미 엄마와 산에 다니며 겪은 일들을 회상하며 이야기하셨는데 그때마다 밝은 표정으로 웃으면서 즐거워하셨다. 어머니에게는 특별한 추억이었다. 요즘은 어머니가 무릎이 좋지 않아 다니질 못하니 선미 엄마가 자주 놀러 온다.

어머니와 순창에서 소학교를 같이 다녔던 친구 세 분이 광주에 살았다. 세 분은 가끔 서로 만났는데 나이가 들어 오고 가는 것도 어려워졌다며 한탄하셨다. 그중에 한 분은 혼자되다 보니 서울에 사는 자식들이 모신다며 서울로 데려갔다. 자식들이 변호사도 되고 교수도 되고 성공했다니 가족들과 잘 사시리라고 생각했다. 그런데 알고 보니 자식들이 자기들 집에 모시지 않고 깔끔한 새 아파트를 얻어 할머니 혼자 따로 살게 하였다. 그러다 보니 그분은 매일매일 심심하고 감옥 생활이라며 하루도 빠짐없이 어머니께 전화로 하소연하셨다. 서울에서는 바깥출입마저 마음대로 할 수 없이 혼자 살게 되니 아무리 호화롭고 편한 집이라도 아혼이 넘은 노인의 고통과 외로움은 충분히 이해할 만하였다. 하지만 어머니도 매일 두세 시간 이상 수화기를 들고 같은 이야기를 반복해서 들어야 하니 괴롭다며 한탄하였다. 더욱이 멀리 떨어져 있어 직접 만나서 위로도 못 한다고 안타까워하셨다. 좋은 집에서 편히 살아도 홀로 외로움을 호소하는 노인을 보면서 가족은 결국 함께 있어야 가족이라는 것을 느끼지 않을 수 없었다. 아울러 친구도 가까이 있어야 친구고 오갈 수 있는 거리에 있어야 친구임을 다시금 일깨워주었다.

❧ ❧ ❧

오랜 세월 우리 집에서 일해온 남순댁과 처음 인연을 맺은 것은 큰 여동생이 아들을 낳았을 때였다. 직장에 다니며 육아를 해야 하는 여동생을 위해서 집안일을 도와줄 사람이 필요했다. 당시 YWCA에서 추천받아 우리 집 최초이자 유일한 가사도우미로 들어왔다. 그때 태어난 여동생의 큰아들이 이제 마흔다섯 살이 되었으니 정말 40년을 훌쩍 넘는 오랜 인연을 맺게 되었다. 그러다 보니 아버지와 어머니는 남순댁에게 집안일뿐 아니라 자질구레한 일들을 모두 의존하게 되었다. 위암 수술이나 신장 문제로 입원했을 때 아버지는 어떤 간병인도 거부하고 남순댁에게만 의지하셨다. 아버지가 돌아가시고 어머니가 급성폐렴으로 입원하셨을 때도 마찬가지였다. 전문 간병인에게 어머니 간병을 맡기려고 했는데도 막무가내로 반대해서 남순댁이 간병을 책임져야 했다. 남순댁이 헌신적으로 아버지와 어머니께 돌봄을 제공해주는 것은 자식으로서 정말 감사한 일이다. 직계 자식들보다 훨씬 더 살갑게 챙겨주니 부모님은 떨어져 사는 자식들보다 남순댁을 훨씬 편하게 느껴왔다.

한번은 남순댁이 골절상을 당하여 병원에 장기간 입원한 일이 있었다. 아버지 돌아가시고 병치레하던 어머니도 퇴원한 지 얼마 안 되어 건강 상태가 좋지 않던 때였다. 남순댁의 입원 소식을 듣고 동생들이 병문안을 가봐야겠다고 말하니 어머니는 당신이 직접 가겠다고 나섰다. 어머니 건강 상태가 좋지 않던 터라 자식들이 적극적으로 말렸지만 소용이 없었다. 그 후 매번 직접 병문안을 가는 모습을 보면서 어머니의 남순댁에 대한 돈독한 마음을 느끼지 않을 수 없었다.

남순댁도 어머니의 마음을 훤하게 읽고 일상에서 자식인 우리가 미처 생각하지 못하는 일들을 미리미리 처리하여 어머니를 편하게 해준다. 음식을 할 때도 항상 어머니의 취향과 몸 상태를 고려하여 종류를 정하고 조리를 한다. 옆에서 지켜보는 자식으로서 남순댁에게 감사할 따름이다.

미래 장수 사회에 대한 우려

우리나라 백세인들의 건강 상태와 생활상을 조사해 오면서 지난 20년간 엄청난 변화가 일어나고 있음을 확인할 수 있었다. 구곡순담 지역과 광주화순 지역의 백세인 독거 비율이 2002년에는 10퍼센트였는데 놀랍게도 2018년에는 30퍼센트, 2023년에는 50퍼센트로 늘어났다. 그러나 20년 전의 백세인들은 대여섯 명의 자식을 낳아 두세 명의 자식이 생존하고 있었는데 최근의 백세인은 건강 위생 상태가 좋아져서 대여섯 명의 자식을 낳아 서너 명의 자식이 생존하고 있다. 그래서 비록 직접 모시지 못하더라도 전화라도 하고 수시로 찾아와 백세인의 외로움을 덜어주고 마음을 편하게 해주는 자식들이 있는데, 앞으로의 상황은 전혀 달라질 것 같아 우려하지 않을 수 없다. 50년 전부터 시작한 우리나라의 출산율 격감으로 앞으로 20년 뒤에는 백세인에게 생존한 자식이 그나마 한둘은 있을 터이지만 그 이후에는 한 명도 채 되지 못할 것이 분명하다. 장수 사회에서 외로움을 달래는 데는 가족이 최고인데 앞으로 전개될 초고령 사회에서는 가족을 대체할 수 있는 사회적 대책이 무엇일까 걱정이 앞선다. 장수한 분을 자식들이 함께 보살피지 못할 때 일어날 문제들이 그저 나의 기우이기를 바랄 뿐이다.

3장

어머니 건강의 비결

세월이 흘러도 여전한
내리사랑

어머니가 폐렴으로 입원하여 기사회생하신 적이 있어 동생들과 상의 끝에 종합건강검진을 철저하게 받아보기로 했다. 그런데 이미 알고 있던 고혈압과 심장 문제 이외에는 전혀 이상이 없었다. 다행이었다. 심장과 고혈압 건은 이미 치료 중이었기 때문에 검사 결과를 받고 나서 어머니에게

"감사합니다. 어머니, 감사합니다. 어머니 건강이 비교적 양호하네요"

라고 격려 차원에서 말씀드렸다. 그런데 어머니가 뜻밖의 말씀을 하셨다.

"내가 얼마나 노력하는지 아느냐?"

"어머니, 무엇을요?"

"너희들 마음고생 안 시키려고 내 나름대로 건강 유지를 위해 노력한다."

자식들 걱정시키지 않으려고 건강을 지키기 위해 간절하게 노력했다는 말씀에 또 가슴이 찡했다. 그러면서 어머니는 한 말씀 더 하셨다.

"네가 광주 대구 서울 왔다 갔다 하면서 사는 것이 더 걱정이다."

아들이 일흔 살이 넘어서도 여기저기 다닌다고 걱정하고 계셨다.

"어머니, 제가 좋아서 그러는 거예요. 걱정 마세요."

말은 시원하게 하였지만 아흔을 넘기고도 자식 걱정하는 어머니를 보며 나이와는 상관없는 영원한 어머니와 자식의 관계를 새삼 느꼈다.

2023년 겨울은 몹시 춥고 눈도 많이 왔다. 그러나 광주와 서울을 오가며 생활하는 입장에서 이런저런 핑계를 댈 수도 없으니, 묵묵히 감내하는 수밖에 없었다. 어머님 댁에 도착할 때도 그렇고 떠날 때도 큰아들을 바라보는 아흔이 넘은 어머니의 표정은 언제나 안타까움으로 가득했다.

"어머니, 다녀오겠습니다"라고 인사를 드리면 "또 가냐? 언제 오냐?" 하며 물으셨다. 그리고 내가 예정보다 하루 먼저 도착하면 "너 내일 온다고 안 했냐?" 하고 확인하셨다. 마치 무슨 급한 일이 생겨 먼저 내려온 것을 걱정하는 표정이었다. 어머니는 자식의 이야기를 사소한 것까지 모두 꼼꼼하게 기억해두고 계셨다.

서울 기온이 영하 12도까지 내려간 몹시 추운 날, 광주에 도착하니 영하 6도밖에 되지 않아서 껴입은 내복이 오히려 갑갑하게 느껴질 정도였다. 고향인 광주가 서울보다 훨씬 따뜻하다는 사실을 체감하면서 집에 도착하니 어머니는 추운데 왔다고 걱정부터 하셨다. 방에 들어가 옷을 갈아입고 나오는데 남순댁이 따뜻한 쌍화차를 가져다주면서 말했다. "어머님 사랑이에요." 자식이 추운 날씨에 왔다고 도착하자마자 남순댁에게 따뜻한 쌍화차를 내주라고 했다는 것이다. 고향 광주가 서울보다 따뜻해서 이미 몸이 따스해졌는데 아흔 넘은 어머니의 사랑까지 더해지니 고향은 몸과 마음을 따뜻하게 녹여주고 추위마저 잊게 하는 곳임을 새삼 느끼지 않을 수 없었다.

최고령 수술 기록

초고령 사회에 당면한 중요한 문제 중의 하나는 의료 시술의 연령 한계이다. 노인의 경우는 노환이라고 불리는 여러 가지 만성 퇴행성 질환도 문제이지만 수술이 필요한 경우 수술 여부를 결정하기가 매우 어렵기 때문이다. 고령이 되면 일반적으로 상처 회복이 더뎌 수술 후 회복까지 오래 걸릴 수밖에 없다. 또한 고령자는 면역력이 떨어져 감염이 더 잘 발생하고, 심장과 폐의 기능이 저하되어 있어 수술 후 부작용 사례가 많이 발생할 수 있다. 그리고 수술 후에는 뇌 신경이 약해져서 노인성 섬망증에 빠지기도 한다. 그만큼 고령자에게 수술이란 고통이고 경과도 확실치 않으며 부작용 우려가 있어 아흔 살 넘는 초고령자의 경우 부담이 커서 큰 수술을 망설이는 경우가 대부분이다. 특히 암의 경우 어느 정도 진행되어버리면 치료의 부작용을 이겨내기 어렵다고 판단하여 수술이나 항암제 치료보다 결국 호스피스를 선택하게 된다. 그러나 의료 기술 발달로 수술 방법이 크게 개선되어 초고령 노인의 경우도 빠르게 안전하게 회복하고 수명 연장과 삶의 질 개선을 누릴 수 있게 되었다. 따라서 이제는 나이에 제한 없이 웬만하면 의술의 혜택을 충분히 받을 수 있게 되었다. 백세가 되어도 얼마든지 수술이 가능한 '백세 의료 세상'이 도래하고 있다. 어머니도 이런 과학기술 발달의 수혜자가 될 수 있어서 감사하고 있다.

어머니의 평생 걱정 중 하나가 치아 문제였다. 젊을 때부터 치아가 좋지 않아 일찍 틀니를 하셨고 여러 번 교체하면서 거의 30년 이상 사용해왔다. 아버지와 조선대학교의 특별한 인연으로 아버지, 어머니는 조선대학교 치과병원을 20년 넘게 다니며 치료받았다. 그런데 어머니의 고통을 덜어내는 보존 치료를 담당해주던 교수가 정년퇴직함에 따라 어머니를 새로 인계받은 젊은 교수는 진단하더니 연세가 너무 많아 더 이상 치료가 의미 없다고 평가했다. 그냥 그대로 사시라는 권고였다. 젊은 의사의 무심한 말에 어머니도 함께 갔던 여동생들도 마음이 크게 상하였다. 그래서 치료를 위한 또 다른 길이 없는지 확인하기 위해 병원을 바꾸었다. 새로 찾아간 전남대병원의 치과 임현필 교수는 어머니 치아 엑스선 사진을 검토한 뒤 어머니 치조골이 비교적 우량하니 임플란트가 최선이라는 결론을 내렸다. 당시 어머니 연세가 아흔하나였는데 임플란트가 무리라는 의견도 있었지만 치조골이 임플란트를 감당할 수 있을 것이라는 희망적 소견에 기대하지 않을 수 없었다. 그래서 최소한 몇 개를 해야 하는지 물었더니 "열두 개는 해야겠네요"라는 답이 돌아왔다. 임플란트 열두 개라는 말에 놀라지 않을 수 없었다. 그러나 식사 때마다 고통스러워하는 어머니를 보면서 설득해보자고 결심했다. 어머니도 너무 오랜 세월 치통으로 고생하셨던지라 처음부터 임플란트를 하지 않겠다고는 안 하셨지만 열두 개를 해야 한다는 말에 충격을 받고 임플란트 수술을 강하게 거부하셨다. 치료 여부를 가지고 강력하게 권하는 나와 계속해서 거부하는 어머니 사이에 씨름이 시작되었다.

"한 끼라도 편히 드시게 의사 선생님이 하자는 대로 합시다."

"정 그렇다면 나 네 개만 할란다. 그래도 천천히 하자"
며 어머니는 망설였다.

"어머니, 이왕 할 것 하루라도 빨리 해버립시다."

동생들과도 한참 논쟁하였다. 근 1년을 어머니가 고생
하셔야 하고, 더욱이 대규모 임플란트를 하면 노인의 경우
그 후유증이 클 것으로 우려되었기 때문이다. 그러나 결국 하
기로 하였다. 막상 수술하면서 위아래 합쳐 일곱 개까지 하
고 나니 담당 수술 의사가 "우선 이 정도면 최소한 식사가 가
능할 것 같습니다" 하고 맞추어주었다. 일단 일곱 개까지 임
플란트를 하고 1년 뒤 한 개 더 추가하여 총 여덟 개를 하였
다. 그랬더니 병원 측에서는 특별한 케이스라며 좋아하였다.
다름 아닌 최고령 임플란트 기록을 세웠다고 자랑하였다.

임플란트의 위력은 1년쯤 지나고 나타났다. 어느 날 서
울에서 내려와 집에 들어서니 어머니 표정이 무척 밝았다.

"어머니, 무슨 좋은 일 있었나요?"

"내가 오늘 깍두기를 씹었어야."

임플란트 수술을 하고 1년이 지나면서 새로운 치아로

그동안 마음대로 씹지 못하던 음식을 먹을 수 있다는 사실에 그렇게 좋아하셨다. 특히 좋아하는 고기를 제대로 씹지 못해 항상 죽이나 미음 형태로 갈아서 드셨는데 이제 육회도 그냥 씹어 드실 수 있게 되었다. 심지어 누룽지, 쥐포까지 씹을 수 있게 되니 생활에서도 활력이 생기고 생활 패턴도 크게 개선되었다. 식욕도 늘어 이제는 음식 종류 가리지 않고 이것저것 먹고 싶다 말씀하시니 자식 된 입장에서는 반갑기 짝이 없었다. 어머니와 함께 생활하면서 내가 가장 잘한 일이 어머니에게 임플란트를 해드린 것 아닐까 싶을 정도의 기쁨이다.

그런데 결국은 또 문제가 생겼다. 임플란트를 여덟 개를 했는데 한 개가 빠지고 주위에 영향을 미쳐서 남은 치아들도 차례로 악화되어 다시 씹는 일이 어려워졌다. 처음에 전문의가 열두 개를 해야 한다고 했는데 무리가 갈까 봐 망설였던 것이 화근이었다. 결국 또 임플란트를 하기로 결심하고 주치의와 상의하여 일곱 개를 추가하기로 했다. 또 1년여 어머니께서 고생하시게 되었다. 그러나 어머니는 이번에도 꿋꿋이 견뎌내셨고 아흔세 살에 총 열다섯 개의 임플란트 신기록을 세웠다.

임플란트를 성공리에 마치고 나자 어머니의 생활이 완연히 달라졌다. 우선 식욕이 증가되어 모든 음식을 맛있게 먹을 수 있게 되니 가족이 함께하는 식사 시간이 즐거워졌다. 어머니와 함께 웃으며 이야기 나누면서 식사를 할 수 있어 너무도 다행스럽고 행복했다. 어머니도 그동안 먹고 싶었으나 차마 먹지 못했던 음식들을 실컷 즐기게 되었다. 특히 어머니의 고기 사랑은 특별했다. 그동안 치아 문제로 제대로 씹지 못하던 소고기 돼지고기를 이제 마음대로 구워서 삶아서 쪄서 또는 날로 드실 수 있게 되었다. 그중에서도 육회는 어머니의 소울 푸드였다. 몸이 불편하거나 기운이 없을 때면 으레 육회 한 접시 드시고 기운을 찾았다.

그런데 놀랄 일이 벌어졌다. 어느 날 집에 가서 식탁을 보니 한 귀퉁이에 올게쌀(찐쌀) 통이 있었다. 동생에게 웬 거냐고 물으니 어머니가 드시고 싶다 해서 구해 왔다고 했다.

"아니 올게쌀을?"

그 딱딱한 올게쌀을 씹어 드시겠다는 생각에 아연해졌다. 햅쌀을 찌고 말려서 만든 올게쌀은 나에게도 어렸을 적 간식거리였지만 이제는 딱딱해서 엄두도 못 내는데 어머니께서 올게쌀을 드신다니 놀라지 않을 수 없었다. 아무리 임플란트를 했다고 해도 너무한다 싶어 어머니에게 어떻게 올게쌀을 씹을 수 있겠느냐며 만류했다. 그러자 어머니는 그냥 씹는 것이 아니라 물에 불려두었다가 부드러워지면 먹겠다 하셨다. 어렸을 적 즐겨 먹었던 올게쌀을 떠올리고 임플란트를 한 김에 다시 한번 먹어보겠다는 어머니의 의지를 보면서 의학 기술 발전이 인간의 꿈을 이루는 데 얼마나 기여할 수 있는가 새삼 느끼지 않을 수 없었다.

❖ ❖ ❖

임플란트 수술 후 생활이 많이 달라졌고 어머니도 활력을 얻어 양과동 텃밭도 자주 찾았다. 그런데 2년이 지난 어느 날부터 갑자기 몸을 움직일 때마다 숨이 가쁘고 다리가 붓기 시작했다. 점점 걷기도 힘들 만큼 숨이 차올랐다. 원래 고혈압과 심장 기능 이상이 있다고 진단받았었기 때문에 서둘러 심장내과 김계훈 교수에게 치료를 부탁하였다. 심장 관련 정밀 검사를 해보니 대동맥판막협착증이 악화되었다는 충격적인 진단이 내려졌다. 그대로 두면 1년 이상 생존할 가능성이 극히 낮기 때문에 수술해야 한다는 것이었다. 아흔세 살이 되신 어머니를 또 수술대에 올려야 한다니, 매우 위험한 일이었다. 그래서 망설이고 있는데 심장을 절개하는 수술이 아니고 경피적 대동맥판막 치환술(TAVI Transcatheter Aortic Valve Implantation 또는 PAVI Percutaneous Aortic Valve Implantation)이라는 새로 개발된 시술법이라 부담이 적고 편리하게 할 수 있다고 했다. 이러한 시술이 근래 국내에 소개되어 서울대병원, 세브란스병원, 아산병원 등에서 이루어지고 있고 전남대병원에서도 그동안 100례 정도를 시행하였다는 설명을 들었다. 문제는 어머니의 연령이었다. 당시 아흔세 살이던 어머니가 이 시술을 받으려면 우선 혈관이 건강하고 문제가 없어야 했다.

그런데 병원 결정부터가 난항이었다. 지금까지는 어머니의 병을 치료할 때 전남대병원 의료진에 맡기고 이에 대하여 단 한 번도 걱정해본 적이 없었는데 이번 시술은 보통 문제가 아니었다. 생사와 직결되는 심장 시술이었다. 그리고 어머니의 연령이 아흔을 넘은 초고령이라는 점에서 더욱 조심스러울 수밖에 없었다. 그래서 여러 의료진들과 상의하였다. 우선 서울대병원에는 제자들인 훌륭한 전문의들이 즐비하고 세브란스병원에는 외삼촌의 아들이 교수로 있

어 그곳에서 치료받기를 강권하던 차였다. 평생 의료계에
몸담아온 덕분으로 국내 최고의 의료진들에게 스스럼없이
개인적인 부탁을 할 수 있는 상황이었기에 오히려 망설이
지 않을 수 없었다. 그러나 가까이 있는 전남대병원 심혈관
센터 교수들의 출중한 능력과 잘 짜여진 팀워크를 보아왔
기 때문에 전남대병원도 고려하게 되었다. 특히 심혈관센터
를 이끌고 있는 정명호 교수는 후배이지만 꾸준하게 연구
하는 모습을 오랫동안 지켜보았기 때문에 더욱 믿음직하였
다. 정 교수는 어려운 환경에서도 돼지를 대상으로 심장 시
술에 관한 실험을 전무후무하게 1000례 이상 직접 진행하
여 '돼지 아빠'라는 애칭으로 불릴 만큼 노력하는 진지한 의
학자였다. 따라서 정 교수가 이끄는 팀의 심장 관련 시술에
대한 신뢰도는 절대적일 수밖에 없었다. 또한 서울에서 시
술할 경우, 이후 치료를 위해 매번 번거롭게 상경해야 한다
는 점도 고려해야 했다. 아흔 넘은 어머니가 병원 진료 때문
에 매번 상경하기란 결코 쉬운 일이 아니었다. 그리고 무엇
보다도 광주에는 전남대 간호대 학장을 지낸 큰 여동생이
있고 막내 사위인 작은 매제도 대학병원 교수로 근무하고
있어 여러모로 편의가 따르리라 생각하여 결국 어머니 시술

을 전남대병원에서 하기로 결정하였다.

그러나 병원을 결정하고 나니 해결해야 할 또 다른 문제들이 한두 가지가 아니었다. 우선 의료보험 혜택이 적용되지 않기 때문에 치료에 큰 비용이 들었다. 다행히 우리 4남매들이 나누어 처리하였다. 형제자매가 많은 덕을 크게 보았다. 또 어머니의 혈관 상태가 시술에 적합한지 여부를 체크하는 것도 보통 일이 아니었다. 사전에 입원하여 검사한 결과 천만다행하게도 시술 가능한 상태라고 하여 안도했다. 그런데 막상 2020년 1월 말 시술하기로 결정하여 어머니가 편하게 계시도록 특실을 어렵사리 예약해 입원하였는데 시술 바로 전날 전남대병원에 코로나19가 발생해 강제로 퇴원해야 했고 시술은 다음을 기약할 수밖에 없었다.

그리고 2개월 뒤 일단 코로나 사태가 안정되어 다시 입원하여 시술에 들어가려 했는데 이번에는 어머니가 망설이기 시작했다. 큰 시술이다 보니 당신 마음이 편치 않으셨는지 시술을 거부하고 나섰다. 그러나 점점 얼굴이 붓고 숨이 차는 것을 보면서 어머니를 설득할 수밖에 없었다.

"살 만큼 살았다."

"어머니, 언제 돌아가시더라도 하루라도 편하게 사시

다가 가십시오."

아들딸이 간곡히 부탁드리자 어머니는 마지못해 자식들 뜻을 수용하고 시술받기로 결정하였다. 결국 4월 25일 입원하여 26일에 시술받고 30일에 퇴원하는 일련의 과정을 순탄하게 거쳤다. 중환자실에서 일반 병실로 옮겨 가는 동안 심혈관센터 교수들의 정성 어린 치료와 간호사들의 헌신적인 간호에 감동하였다. 특히 주치의인 김계훈 교수는 상세하게 치유 과정을 어머니에게 설명해주어 매우 만족스러웠다. 그리고 시술을 집도한 김주한 교수는 시술 후 대동맥판막이 온전하게 작동하고 혈류가 활발하게 돌고 있음을 영상으로 보여주어 비로소 마음을 놓을 수 있었다. 그런데 병원과 의료진은 오히려 전남대병원에서 시술하도록 결정해주어 고맙다고 했다. 무슨 까닭이냐고 물으니, 어머니 덕분에 대동맥판막협착증으로 TAVI를 한 최고령 환자 기록을 전남대병원 심장내과 팀이 세우게 되었다고 했다. 병원 측이 사전에 어머니의 시술 과정을 모두 영상으로 기록하겠다 하여 승낙했는데 그 연유를 깨닫고 오히려 반가웠다. 여하튼 어머니가 TAVI를 한 최고령자인 것은 우리 가족에게도 자랑이 아닐 수 없었다.

그러나 후유증은 시술 이후 몇 달이 지나도록 계속되었다. 팔다리에 반점이 생기고 온몸에 두드러기가 나서 어머니는 잠을 이루지 못할 정도였다. 병원에서는 심장 관련해서는 특별한 이상이 없다고 했으나 본인의 괴로움은 말할 수 없었다. 이런 증상은 결국 막혔던 혈관이 뚫리면서 발생하는 허혈 재관류 손상ischemia-reperfusion injury에 기인한 부득이한 후유증이 아닌가 생각되었다. 대동맥판막협착증으로 전신에 공급되는 혈액이 부족하다 보니 결과적으로 산소 공급도 줄어들어 전신이 저산소 상태에 빠졌고 이에 수년 동안 적응되어 있었다. 그런데 갑자기 판막 이식 시술을 통해 혈액 공급이 원활해지고 산소가 충분해지다 보니 모든 조직 세포의 미토콘드리아에서 유해 산소 발생이 높아져 일어난 현상이다. 이론적으로는 쉽게 이해되지만 막상 당사자인 어머니의 괴로움을 덜어줄 수 있는 방법이 없어 죄송할 따름이었다. 증상 요법으로 피부과의 도움을 받았고, 이러한 현상에 적응하는 데 상당한 시간이 흐른 뒤 결국 어머니는 거의 반년 정도를 시달리다가 정상으로 회복하였다.

시술 후 어머니의 상태는 하루가 다르게 좋아졌다. 이내 숨 쉬는 것도 편안해지고 움직이기도 다소 쉬워졌다. 병실에서 축하와 위로의 말씀을 드렸는데 어머니는 엉뚱한 대답을 하셨다.

"어머니, 컨디션은 어떠세요?"

"양과동 가봐야 알지."

"아니, 무슨 양과동이다요?"

"양과동 가서 허리도 굽히고 호미질도 해봐야 알지."

시술 후 효과를 실제로 검증해보려면 양과동에 가서 그동안 짓던 농사를 해보아야 한다는 말씀이었다. 활발하게 농사짓던 시절로 돌아갔는지 확인하고 싶으셨던 것이다. 그만큼 어머니에게는 양과동에서 밭일하는 것이 낙이고, 바로 삶의 척도이다.

중환자실에서의 또 다른 에피소드 역시 양과동과 관련 있었다. 어머니는 중환자실에 계셨지만 전신마취 대신 국소마취만 하고 시술했기 때문에 의식이 뚜렷했다. 그런데 중환자실에서 어머니 옆에 있던 환자가 무의식중에 "경숙아, 경숙아" 하고 부르며 소란을 피웠다고 한다. 그 이름을 듣고 어머니는 아파트 위층에 사는 이웃인 경수 씨가 생각났던 모양이다. 경수 씨는 우리 집에 문제가 생기면 무엇이든지 도와주는 친절한 이웃이었다. 특히 집 안에 자잘한 고장이 생기면 해결하는 것도 경수 씨의 몫이었다. 집에서는 경수 씨를 '맥가이버 이웃'이라고 불렀다. 또 그는 낚시를 좋아해서 바다낚시를 가서 생선을 잡으면 으레 우리 아버지 어머니 드시라고 놓고 가곤 했다. 어머니도 편하게 여기고 문제만 생기면 부탁한다. 멀리 떨어져 있는 아들은 전혀 도움이 되지 못하다는 엄연한 사실을 깨우치게 해준 사람이다. 여동생이 중환자실에 계신 어머니를 면회 가니 "경수 씨에게 양과동 수도꼭지 고쳐달라고 부탁해라" 하고 지시하였다. 그동안 그 엄중한 대동맥판막 이식 시술을 받고 중환자실에 누워 계시면서도 양과동에 무엇이 고장 나 있는지, 그것을 어떻게 고쳐야 할지 곰곰 생각하고 계셨던 모양이다.

퇴원한 후 일주일 동안은 어머니 상태가 썩 좋지 못했다. 온몸이 떨리고 아프다고 하셔서 수액 주사도 맞았고,

항생제 부작용인지 설사도 하셨다. 퇴원 후 열흘 만에 주치의의 진료를 받고 몇 가지 검사를 했는데 의료적으로는 별이상이 없다고 해서 겨우 한숨을 돌렸다. 이후 걸음걸이가 좋아지자마자 어머니는 또 양과동으로 가자고 하셨다. 그러면서 어머니 병간호로 내내 고생한 남순댁을 매일 오라고 하자 동생들은 아주머니를 쉬게 하려고 만류했다.

"엄마, 아주머니도 좀 쉬어야지요."

그러나 어머니는 이번에도 고집을 꺾지 않았다.

"지금 가지, 고추를 심어야 해. 때 놓치면 안 돼."

양과동에 작물을 심어야 하는데 날짜를 지나면 안 된다는 논지였다. 농사에 대한 깊은 관심을 자식들 주장이 당할 수 없었다. 남순댁 역시 조용히 어머니의 말씀을 따라주었다. 40년째 우리 집 가사도우미로 일하면서 집안의 대소사를 다 처리해준 아주머니께 그저 감사할 뿐이다.

❧ ❧ ❧

사실 고향에 돌아왔을 때 나는 이미 체중이 85킬로그램을 넘는 비만 상태였다. 여기저기 왔다 갔다 하면서 사람들을 만나 술 마시고 기름기 많은 육류 중심의 식단에 절어서 살았기 때문이다. 그래서 어머니 곁으로 갔을 때부터 따끔한 지적을 받았다. 저녁에 술 한잔하고 들어서면서 "어머니, 다녀왔습니다" 하고 신고하면, 어머니는 곧장 "야, 저 건너편에 있는 학교 운동장 가서 댓 바퀴 돌다 오거라" 하며 나를 쫓아냈다. 아들이 운동하지 않는다고 야단쳤다. 솔직히 그동안 나는 건강 장수를 주창하고 다니면서 사람들에게 운동의 중요성을 강조하였는데 막상 스스로는 실천하지 않았으니 속된 말로 내로남불이었다. 이론과 실제의 괴리를 핑계로 삼았다. 생활 속에서 지속적인 운동을 하려면 단호한 결심과 시간적 안배가 필요한데 그러지 못하고 살았기 때문이다. 그러나 광주에 내려온 지 몇 년 지나면서 나에게도 건강 문제가 본격적으로 생겨나, 심기일전하여 생활 습관 개선 노력을 적극적으로 하면서부터는 상황이 호전되었다. 이제는 내가 어머니에게 몸을 움직이시라 권장하는 형편이 되었다. 어머니에게 이렇게 할 수밖에 없는 상황으로 반전되어 쓸쓸하기만 하다.

어머니는 두어 차례 입원하고 퇴원한 다음부터 갑작스

레 심신이 매우 약해지셔서 전과 달리 집 안에 칩거하고 바깥출입을 거의 하지 않으려 하였다. 매일 아침마다 나가던 목욕탕도 안 가고 그렇게 좋아하던 양과동 텃밭도 잘 가려 하지 않았다. 어머니께 운동을 적극 권했지만 아무런 효과가 없었다. 그러나 역시 딸들의 극성과 정성은 효과를 발휘했다. 여동생들은 어머니가 몸을 움직이시게 하려고 무진 노력하였다. 저녁에는 "엄마, 보름달 떴어. 달구경 가요" 하며 어머니를 아파트 가까이 있는 폐교가 된 초등학교 운동장으로 이끌었다. 그리고 봄, 여름, 가을 내내 양과동 텃밭 상황을 중계하면서 어머니의 참여를 적극 촉구하였다. 밭에 심는 채소의 종류며, 심는 위치며, 열매 처리 방법, 이웃과의 문제 해결 등등 큰 여동생은 자신이 얼마든지 처리할 수 있는 일들을 어머니의 의견을 듣고 결정하고자 일부러 기다렸다. 어머니의 마음을 움직여보려는 딸들의 시도가 효력을 발휘하였다. 시간이 흐르면서 어머니도 차차 마음을 잡고 밭에도 나가고 다시 두 딸과 남순댁에게 이런저런 일을 시키기 시작했다. 여동생들의 극진한 정성이 하늘에 통하였다. 어머니의 건강이 그럭저럭 회복되긴 했지만 아직 안심할 수는 없었다. 이 과정에서 아들인 나는 건강에 무엇이 좋고 나쁘다는 이야기나 했지 실제 어머니의 생활에는 아무 도움이 되지 못하였고 방관자 노릇밖에 할 수 없었다. 여동생들이 어머니를 설득해가는 모습을 보며 나이 든 노인들의 행동을 개선하려면 실천에 앞서서 무엇보다도 마음을 움직이는 일이 절대적으로 중요함을 새삼 배우게 되었다. 노인 건강을 위해서는 아무리 좋은 이론이라도 먼저 마음을 동하게 하지 않으면 아무 의미가 없는 공염불이 되고 만다는 엄연한 사실을 분명하게 깨달았다.

의술의 시혜와 삶의 질

어머니는 아흔한 살부터 아흔세 살에 걸쳐 임플란트 열다섯 개를 하고, 아흔세 살에 대동맥판막 대체 시술을 받았다. 종래의 의술로는 상상도 할 수 없었던 초고령 환자의 수술이었음에도 불구하고 성공적으로 마쳤다. 아흔이 넘은 환자에게는 여러 가지 신체적 생리적 여건 때문에 큰 외과적 수술을 금기시해왔지만, 의료진의 정성과 최고의 의술로 어머니

는 건강을 회복한 의료 시혜의 특별한 사례가 되었다. 대규모 임플란트는 어머니의 식생활을 개선하고 식욕을 돋워서 결국 건강으로 가는 문을 열어주었다. 또한 대동맥판막 대체는 그대로 두면 1년 이상 생존하기 어렵다던 어머니의 수명을 연장해주었다. 시술 후 1년간은 여러 면에서 고생이 많으셨지만 이제는 몸도 완전 적응하게 되어 건강한 생활을 영위하고 계신다. 그래서 어머니가 그토록 사랑하는 양파동 텃밭을 이제는 딸들의 등쌀에 떠밀려 나가는 것이 아니라, 오히려 당신이 자발적으로 딸들을 채근해 찾고 있다. 어머니의 일상이 훨씬 더 활발해지고 자기 주도적으로 바뀌었다. 어머니의 삶의 질이 크게 개선된 셈이다.

한편 구곡순담 지역과 광주화순 지역의 백세인 조사 과정에서 현대 의술의 혜택을 받고 건강 장수를 누리는 백세인을 만나면서 라이프 3.0 시대의 도래를 실감하지 않을 수 없었다. 이제 인류는 신체 구조 같은 하드웨어와 다양한 생리적, 지적 기능 같은 소프트웨어를 더 이상 자연 진화에 기대지 않고 인위

적 설계를 통하여 개조해버린 트랜스휴먼transhuman
의 단계에 이르렀다. 아흔 살이 넘어서 임플란트와
대동맥판막 대체술을 받은 어머니의 사례보다 더 드
라마틱한 사례를 화순군에서 찾았다. 김서균 님은
77세에 퇴행성관절염부터 시작하여 93세에 흉추압
박골절, 99세에 요추압박골절, 94세에 백내장, 98세
에 황반변성, 100세 101세에 심근경색을 겪었으나 모
두 의료적 시술과 수술로 해결하여 100세 축하차 남
도 여행을 하셨다. 현재 106세의 나이임에도 건강하
게 살아가는 그분의 모습을 보면서 의학 기술의 발
전으로 건강 장수가 이루어질 수 있다는 엄연한 사
실을 확인하게 되었다.

이와 같은 사례들은 나이가 아무리 많아도 적극적인
의료로 건강을 회복하여 삶을 능동적으로 이끌 수
있음을 보여주고 있다. 발달한 의료 기술의 도움을
받아 얼마든지 건강 장수를 누릴 수 있다는 사실은
미래 초고령 사회에 치병장수治病長壽의 새로운 가능
성을 열어주고 있다.

코로나 비상사태

코로나19 사태로 온 나라가 긴장하고 사람들은 공포에 떨기 시작했다. 특히 여동생들은 고령인 어머니께 무슨 일이 생기지나 않을까 노심초사했다. 코로나 사태 중에 병원에 입원해 진료도 받아야 했기에 이만저만 신경 쓰이는 게 아니었다. 특히 높은 노인 치사율 문제가 공포감을 주었다. 그러나 일상에서의 생활도 큰 걱정이었다.

그중 제일 큰 위험 요인은 이러한 와중에도 광주와 대구, 서울을 돌아다녀야 하는 큰아들, 바로 나였다. 오가는 동안 나도 모르게 감염이라도 되면 어쩔까 하는 걱정이 앞섰고 그러다 혹시라도 어머니가 감염되면 어쩔까 하는 불안이 가득했다. 조심하고 신경 쓴다고 해결될 문제가 아니었다. 동생들도 나에게 잔소리를 하지 않을 수 없었다.

"마스크 KF94로만 써요."

"마스크 매일 새것으로 바꿔 써요."

"여기저기 다니는 것 줄여요."

"오빠, 될 수 있으면 광주 오지 마."

막냇동생이 이렇게까지 말할 때 약간의 서운함이 없지 않았다. 그러나 노모를 모셔야 하는 입장에서는 너무도 당연한 이야기였다. 요양 시설에 입원한 노인들은 가족과의 면회도 금지된 상황이니 내가 가족들에게 안전하다는 확신을 주어야 했다. 너무도 당연한 일이지만 막상 내가 위험 요인으로 제기되는 것은 결코 마음 편한 일이 아니었다. 그러나 노모를 모시는 입장에서는 방역을 위해 온 가족이 최선을 다해야 했다. 그래서 가족들 모두 코로나19 백신을 최우선적으로 접종했고 3차까지 서둘러 맞았다.

그러던 와중에 서울에 사는 큰 여동생의 손자 하준이가 광주에 내려온다고 하였다. 그런데 하필 그때 하준이가 근무하는 대기업 디자인실의 상사가 코로나 밀접 접촉자로 지목되어 혼자 내려와 양과동에서 보름 동안 격리 생활을 하였다. 우리 가족 중에서는 최초의 밀접 접촉자가 등장한 셈이었다. 가족들 모두 걱정이 앞서서 다 같이 PCR 검사를 받았다. 다행히 우리 가족은 물론, 서울에서 내려온 조카와 아주머니, 그리고 나도 모두 음성으로 나왔다. 천만다행이었다. 어머니 주변이 모두 음성이라는 소식에 안도의 한숨을 내쉬었다. 노인을 모시고 사는 동안은 어쩔 수 없이 조심하고 모든 일에 만전을 기해야 하지만, 코로나 사태가 장기화되면서 검사받는 일도 부담스러웠다.

다행히 최근에는 신속 진단 키트가 나와, 온 가족이 집에서 매주 한 번씩 편리하게 체크할 수 있게 되었다. 나는 지방 출장이 잦기 때문에 매주 무조건 스스로 코로나 양성 여부를 확인한다. 특히 타지에서 광주에 내려올 때면 반드시 당일 아침에 코로나19 신속 항원 검사를 하여 음성임을 확인하고 내려간다. 늙으신 어머니를 보호할 책무가 있기 때문이다. 다행히 양성이 한 번도 나오지 않았기에 망정이지 그렇지 않았더라면 상당한 낭패를 보았을 것이다. 코로나 사태가 빚은 노인들의 고립 문제를 해결하기 위해서도 주변 사람들이 조심해야 한다. 그리고 서로 분명하게 안전을 밝혀주어야 한다. 가족들은 서로서로 더더욱 세심하게 신경을 쓸 수밖에 없는 세상으로 바뀌었다. 온 가족이 합심하여 노력하고 조심한 결과 어머니는 코로나19 사태라는 위기 상황에서 안전하였고 그 와중에서도 병원을 다니며 임플란트 수술과 대동맥판막 이식 시술을 무사히 마칠 수 있었다. 결국 사람은 아무리 나이가 들어도 가족의 노력과 배려만 있다면 어떠한 난관도 극복할 수 있음을 보여주었다.

딸은
둘이 있어야 해

두 여동생들이 어머니를 극진하게 봉양하는 모습을 보면서 감동하지 않을 수 없다. 아버지 때도 그랬지만 어머니를 위해 헌신하는 모습을 직접 보면서 동생들이지만 너무도 고맙고 자랑스럽다. 어머니가 좋아하는 것은 무엇이든지 해드리고, 가고 싶은 곳은 어디든지 모시고 다닌다. 때때로 진도며 무주, 변산반도, 경주, 거제도, 제주도 등지의 리조트에 모시고 다녔다. 국내뿐 아니라 해외에도 어머니를 모시고 다녔다. 그뿐만 아니라 식사를 준비할 때도 언제나 어머니에게 무엇을 드시고 싶은가 여쭈고 조리법까지 물어보면서 어머니의 자긍심을 세워드리려고 최선을 다하는 모습에 감동하게 된다. 조금이라도 어머니 건강에 이상이 생기면 바로 병원에 모시고 가서 치료를 받게 한다. 여동생 둘이 마침 광주에서 함께 살다 보니 서로 교대하면서 어머니를 챙기는데, 그 모습은 한 폭의 그림이고 예술이다. 멀리 떨어져 사는 아들들의 무심함에 죄송한 마음 금할 수 없다.

하루는 어머니에게

"어머니, 딸들이 옆에 있어서 좋겠네요." 하고 스치듯 말했더니

"딸은 둘이 있어야 해야"

하고 두 딸이 번갈아가며 챙겨주는 것에 만족해하신다. 어머니를 빈틈없이 모시고 돌보는 여동생들을 보면서 고령 사회 초고령 노인의 삶에 자식의 존재가 얼마나 중요한지를 새삼 깨닫는다. 두 여동생들은 아버지 어머니에게만 잘하는 것이 아니라 나와 동생의 아이인 조카들까지도 진심으로 챙겨주고 돌보아준다. 광주에 내려와 생활하는 내게 조금이라도 불편함이 없도록 촘촘하게 배려해주고 있다. 여동생들은 화순에 소재한 연구실로 출근하는 나를 위해 번갈아 운전해주고 식사도 정성을 다하여 차려준다. 나까지 두 여동생에게 무거운 짐을 지운 듯하여 미안하기 짝이 없다. 막내 여동생은 광주에 내려오거나 서울로 올라갈

때마다 꼭 승용차로 기차역까지 마중 나오고 데려다준다.
그러지 말라고 해도 소용이 없다. 소태동에서 지하철을 타
면 바로 광주송정역에 이르니 그럴 필요가 없다고 해도 막
무가내다. 코로나19가 위험하니 택시나 일반 교통수단을
이용하지 말라는 주의 겸 배려를 하고 있었다. 우리 형제들
이 우애를 누리면서 서로 존중하며 살고 있는 것이 자랑스
럽고 감사하다. 큰 여동생의 둘째 아들도 광주에 살고 있어
서 조금이라도 힘든 일이 있으면 달려와 처리해주니 그렇게
고맙고 힘이 될 수가 없다. 이제 여동생들도 일흔 살이 넘어
가니 아무래도 각종 전자 제품이나 인터넷 사용이 불편한
데, 그럴 때 조카를 수시로 불러내도 얼굴 한번 찡그리지 않
고 찾아와 뒤처리를 해준다. 그뿐만 아니라 외할머니께 부
족한 것이 있는지, 간식거리가 필요한지, 혼자 살펴서 준비
해 가져다 놓으니 고맙기 짝이 없다. 모두 어머니의 복임이
분명하다. 그리고 어머니가 살아 계셔서 형제들을 비롯한
가족들이 더 자주 모이고 어울릴 수 있다는 점은 우리 가족
모두에게도 큰 복이 아닐 수 없다.

4장

어머니 음식

어머니 마음과
음식 솜씨

누구나 어렸을 적 어머니가 만들어준 음식에 대한 추억이 있고, 그 음식에 대한 그리움이 가득할 것이다. 나도 어머니와의 추억 가운데 음식에 관한 것이 많다. 우선 어머니의 음식 솜씨는 특별했다. 남도 음식에 관해서라면 백과사전만큼 박학하신 미식가 아버지도 인정한 솜씨다. 단순히 가족들만 인정하는 음식 솜씨가 아니었다. 우리나라 최초로 맛기행을 기사화하고 책까지 펴낸 백파伯坡 홍성유 선생도 감탄하여 저서에 우리 집을 소개할 정도였다. 우리 집이 기사화된 것은 백파 선생이 광주로 내려와 아버지에게 맛집들을 소개받고 탐문하던 중 우연히 우리 집에서 점심을 들게 되었기 때문이다. 선생은 그때 어머니가 차려준 추어탕을 잊을 수 없다고 격찬하면서 책에 실었다. 어머니의 음식 솜씨는 내로라하는 전문가들도 인정할 만큼 남달랐다.

그런 어머니가 오랜만에 내려온 큰아들을 위해 다양한 해산물 위주의 남도 음식을 준비해주었다.

"병어, 서대, 민어, 네 할아버지와 아버지가 제일 좋아하시던 거다."

나의 할아버지와 아버지까지 모두 좋아하셨던 해산물이라며 병어, 서대, 박대, 민어, 낙지 등등을 차려주셨다. 어머니와 얽힌 음식 관련 에피소드를 생각하면 그때마다 가슴이 찡해지고 저절로 미소가 지어진다.

어머니와 함께 살면서 일어난 가장 큰 변화는 식생활이다. 그저 어렸을 적 먹던 음식을 다시 먹게 된 정도가 아니라, 50년 만에 돌아온 큰아들에 대한 어머니의 특별한 배려를 누리고 있다. 양과동에서 작물을 수확할 때가 되면 어머니는 으레 첫 번째 수확물을 들고 여동생들에게

"이것은 큰아들 줄란다"

하며 내 몫으로 따로 챙겨두셨다. 여동생들도 저마다 가족을 이끌고 있는 60대 후반, 70대 초반이니 어머니의 편

향적인 태도에 불만이 있으련만 눈을 흘기면서도 마땅한 일로 여겨주어서 나는 미안하기 짝이 없다.

"고구마 먹어봐라. 길쭉한 것이 맛있어야."

고구마 삶아 먹을 때도 특별히 맛있게 생긴 고구마를 직접 골라서 나에게 주셨다. 그뿐만 아니라 여동생들에게 집에서 멀지 않은 남광주시장에 가서 큰아들이 좋아하는 해산물들을 사 오도록 주문하셨다.

"네 오빠가 좋아하는 가이바시(조개관자), 홍어, 매생이, 낙지 사 오거라."

호강도 이런 호강이 없다. 어머니도 극성이지만 두 여동생들도 한결같이 큰오빠 왔다고 정성을 쏟으니 미안하고 고맙기만 하다. 제발 그러지 말라고 해도 막무가내로 음식을 할 때마다 큰아들, 큰아들, 하고 챙기는 어머니의 모습을 보자니 가슴이 뜨거워졌다. 백세인 조사에서 그분들이 절대 중요하게 생각해온 큰아들의 존재적 의미를 다시 한번 깨달으면서 우리 전통 사회 가족의 가치를 새삼 체감할 수 있었다. 그만큼 알맞은 처신을 하여 책임을 다하고 기대에 보답해야 하는데, 나는 일흔이 넘은 지금도 보답은커녕 어머니의 일방적 사랑을 받고만 있다.

꒰꒱ ꒰꒱ ꒰꒱

어머니 친정은 고추장으로 유명한 순창이다. 따라서 어렸을 때부터 우리 집에서 먹는 고추장은 남달랐으며 찾아오는 손님들마다 그 맛에 감탄하였다. 외할머니께서 살아 계실 때는 고추장을 넉넉하게 보내주셔서 주위 분들에게 나누어주었다. 고추장 이외에도 집에서 된장, 간장을 모두 직접 담가 마당 장독대에 가득하였다. 그러나 아파트로 옮기고 나서는 그렇게 하지 못해 아버지와 어머니는 아주 아쉬워하셨다. 아파트 지하 공간을 활용하기도 했지만 가끔 햇볕을 쬐어야 하는데 그러지 못한다며 아파트 베란다의 좁은 공간을 활용하였다. 어머니 댁 베란다는 그렇게 마련된 된장, 간장, 고추장들이 가득한 보물 창고가 되었다. 그 속에는 굴비, 감, 동아, 도라지, 토란대, 무, 깻잎, 가지, 돼지감자가 10년, 20년, 30년 이상 묵도록 저장되어 있다. 매실주와 더덕주 같은 주류도 상비품이었다. 지금도 엄청난 양의 발효식품이 쌓여 있는데도 불구하고 어머니는 해가 바뀌면 또 담그려 하니 동생들과 항상 티격태격한다.

"엄마, 저 발효식품 다 드시고 돌아가시려면 200년도 더 걸리겠소."

"야, 누가 먹어도 먹을 거 아니냐. 거 쓸데없는 걱정 마라."

이렇게 저장된 발효식품들은 우리 집을 찾아오는 손님들에게 감동을 주곤 한다. 특별히 기억나는 사건은 1990년대에 내가 단백질 교차결합을 하는 트랜스글루타미나제trans-glutaminase를 연구하던 중 당시 이 분야의 세계적 대가인 미국국립보건원NIH의 피터 스타이너트Peter Steinert 박사를 한국에 초청했을 때의 일이다. 그분을 전남대 의대에서 특강하도록 연결하여 광주로 함께 내려온 차에 호남의 전통 가정식을 맛보게 해주려고 어머니에게 식사 대접을 부탁드렸다. 일반적인 남도 음식에 더해 어머니는 20년 묵은 고추장감장아찌를 꺼내어 얇게 슬라이스해서 내주었다. 스타이너트 박사는 감장아찌가 20년 묵었다는 말에 크게 놀라고, 깊은 발효의 맛에 더욱 놀라면서 한국에 이런 음식이 있느냐며 감동하였다. 그 후 스타이너트 박사는 국제 학회에서 만날 때마다 다른 해외 학자들에게 한국 음식을 자랑하고 기억해주었다. 어머니의 수십 년 노력 덕분에 지금도 광주 집에서 식사할 때면 으레 고추장굴비, 고추장감장아찌, 된

장깻잎 등이 밥상에 올라 내 입을 호강하게 한다.

❉ ❉ ❉

　아버지는 워낙 호주가이고 애주가여서 술로 인한 에
피소드가 한두 가지가 아니다. 술을 좋아하는 만큼이나 사
람들도 좋아하셔서 연령과 경제적 또는 사회적 지위 상관
없이, 그리고 낮밤 상관없이 불쑥불쑥 손님들을 집으로 모
시고 왔다. 우리 형제들은 자다가 다른 방으로 옮겨 간 적
이 한두 번이 아니었고, 피아노를 잘 치던 막내 여동생은 밤
중에 불려 나가 손님들에게 피아노 몇 곡 쳐주어야만 직성
이 풀리셨다. 그래서 돌아가신 할머니는 집에 가양주를 빚
어두고 아버지가 모시고 오는 손님들에게 언제나 푸짐하게
술과 음식을 대접하셨다. 어느 해인가는 밀주를 담갔다고
신고당해 전매청에서 조사를 나와 홍역을 치르기도 하였다.
여하튼 할머니의 가양주 주조 실력은 탁월했고 어머니도 그
능력을 이어받아 맛있는 술을 직접 빚었다. 덧붙여 10여 년
이상 묵은 매실주와 더덕주는 집 안에 항상 비치되어 있었
다. 그러나 특별한 술도 가끔 담가 가까운 친구나 친지들

에게 선물하기도 했다. 특히 민학회 분들에게 전설처럼 기억되고 있는 술은 봄철에 수확한 칡 순, 송순과 죽순을 함께 빚어 만든 삼순주였다. 어머니가 빚어 민학회 행사 때 가져오셨다며 회원들이 나에게 자랑하는데 막상 자식인 나는 구경도 못 해본 술이다. 가까이 어머니를 모시고 살지 못하고 타향살이한 탓이다, 라고 자위해본다.

2021년 대동맥판막 대체술이라는 큰 수술을 받고 나서 어느 날 갑자기 어머니가 선언하였다.

"이제 마지막으로 막걸리나 만들어봐야겠다."

"갑자기 무슨 막걸리요?"

"아무래도 맛있는 막걸리가 없어서 직접 담가 너희 줄란다."

당신의 건강 문제로 고생한 자식들에게 무엇인가 해주고 싶으셨던 것이다. 술을 좋아하는 아들들에게 막걸리라도 맛있게 담가주려는 의도였다. 여동생들에게 지시하여 새로운 준비가 시작되었다. 우선 누룩은 순창에 사는 외숙모에게 연락하여 새로 구해 왔다. 그리고 막걸리를 발효하면서 사과를 넣었다. 며칠간 아파트에 쾨쾨한 냄새가 났지만 막걸리가 빚어져서 용수 대신 큰 국자를 넣어 퍼 온 막걸리는 정말 사과 향이 나는 시원한 막걸리였다. 파티를 열지 않을 수 없었다. 홍어, 삼겹살, 민어를 사가지고 와서 판이 커졌고 온 가족이 모여서 파티를 벌였다.

"어머니, 내년에도 막걸리 담가주세요."

어머니께 간절히 부탁드렸다. 어머니의 막걸리는 그동안 국내 시장에서 널리 팔려온 인기 있는 막걸리들과 차원이 다르다. 시중의 막걸리는 대부분 아스파르템을 첨가하여 단맛이 강하기에 거부감이 드는데, 어머니의 막걸리는 순수한 막걸리에 자연스러운 사과 향이 들어 있어 품격이 다를 수밖에 없다.

※ ※ ※

어머니는 무엇보다도 음식에 대한 관심이 매우 크시다. TV 음식 프로그램에 나오는 건강 음식들을 노트에 꼼꼼히 기록해두셨다. 좋은 음식으로 가족들의 건강을 지키는 것을 당신의 의무로 생각하고 열심히 노력하였다. 방송에서 건강에 좋다는 채소가 소개되면 당장 종자를 구하여 양과동 밭에 심게 하였다. 그리고 특별하게 맛있다는 메뉴가 나오면 직접 만들어보기를 거듭한다. 어머니의 음식 연구는 끝이 없다. 아무리 나이가 들어도 관심을 기울이며 새롭게 개발하려는 태도가 바로 늙지 않는 비법이라고 주장해온 나에게는 어머니의 그러한 삶의 자세가 바로 교과서이다. 어머니는 음식에 대해 경건하고 진지한 철학을 가지고 딸들에게도 부단한 관심을 기울이도록 유도한다. 어머니는 딸들에게 수시로 의미심장한 말씀을 던진다.

"음식도 머리를 써야 해야."

한번은 TV에서 유명한 탤런트가 담근 게장을 보시고 맛있어 보인다며 동생들에게 구입해보라고 하셨다. 구입해온 게장을 맛보시더니

"게장 전문집 맛이 아니야"

하고 불평하며 당신이 직접 담가보겠다고 하였다. 나도 어렸을 적 어머니가 담가준 게장을 맛있게 먹은 기억이 있어 은근히 기대했다.

남광주시장에서 게를 10만 원어치 구입해 와서 어머니가 직접 게장을 담갔다. 내게 한번 먹어보라고 하셔서 맛을 보았다.

"너무 짜요."

나는 즉각 불평하였다. 나이가 들수록 맛에 대한 감수도가 떨어지기 때문에 젊었을 적보다 음식을 더 짜게 하는 경향이 있다. 어머니의 입맛도 짜진 것을 느끼면서 어머니의 나이를 실감하지 않을 수 없었다. 그러나 큰 여동생은 어머니를 칭찬했다.

"엄마, 맛있게 담갔어요."

동생들의 말을 듣고 부끄러웠다. 눈치도 없이 그냥 짜다고 하였으니 어머니가 속으로 얼마나 무안하셨을까. 그만 낯이 뜨거워졌다.

광주에 내려와 집에서 식사를 할 때면 가끔 의표를 찌르는 특별한 메뉴에 감동하게 된다. TV에 나오는 요리는 물론이고 틈만 나면 어머니 나름의 논리로 새로운 조합의 메뉴를 개발해낸다. 다행스럽게도 양과동에서 언제나 신선한 채소를 확보할 수 있기 때문에 채소를 활용한 다양하고 새로운 식단을 가족들이 즐기게 된다. 그중에서도 신선한 채소를 이용하는 경우 어떤 조합으로 쌈을 싸는가가 큰 관심사가 된다. 특히 향이 짙은 방앗잎을 쌈에 넣어야 하느냐

말아야 하느냐를 두고 동생들과 논쟁을 하기도 했다. 또한 쌈을 쌀 때면 으레 조기를 비롯한 생선찌개나 젓갈류, 육고기 등을 함께 넣는데, 이때 가장 중요한 것은 바로 쌈장이다. 어느 날 광주에 내려와서 쌈을 싸 먹는데 쌈장 맛이 낯설어서 "무슨 쌈장이 이런 맛이다요?" 하고 질문하고 나서 놀라지 않을 수 없었다. 여동생은 "엄마가 쌈장도 매번 새롭게 창작하셔"라면서 불만인 듯도 하고 감탄한 것 같기도 한 답을 했다. 된장을 기본으로 새싹보리, 하수오, 당귀잎, 녹차 가루들을 넣어 범벅을 한 것이었다. "왜 이렇게 하셨어요?"라고 어머니에게 묻자 "너희들 몸에 좋으라고 이것저것 좋다는 것 섞어봤다"라고 하셨다. 일상의 식단에서도 틀에 박히지 않고 관습을 탈피하여 건강에 도움을 줄 수 있다는 자신의 논리에 따라 새롭게 메뉴를 보정하는 모습에서 나이 드신 어머니의 생활 지혜를 엿볼 수 있었다. 그래서 잠정적으로 어머니가 창작한 쌈장을 엄마표 쌈장이라고 부르기로 했다.

내 손녀인 유나가 대학 입시를 마치고 증조할머니에게 인사한다고 하여 딸 경희가 데리고 광주로 내려왔다. 어머니는 첫 번째 증손녀인 유나를 태어났을 때부터 유별나게 예뻐하셨다. 특히 내가 장남이고 아이 엄마인 내 딸이 첫째 손녀이며, 유나 역시 증손주로서는 첫째이기 때문에 그 애는 태어나면서 온 가족의 위계를 한 급 높여준 가족의 지렛대 역할을 하였다. 유나가 태어나면서 내 아내는 할머니가 되고 여동생들도 모두 고모할머니가 되어버렸다며 투덜거렸다. 어머니는 증조할머니가 되셨다. 그래서 유나의 위상은 우리 집안에서 특별했다. 그런 손녀가 여러 대학에 동시에 합격하고도 아직 갈 곳을 결정하지 못했다며 머리를 식힌다고 광주에 내려온 것이다.

고모할머니인 내 여동생들이 극진히 환영하였는데 딸 경희가

"제가 할머니께 음식을 직접 해드리고 싶어요"

하더니 시장에 가서 음식거리를 직접 사가지고 와서 요즘 젊은 세대의 요리를 정성스럽게 하였다. 그동안 딸도

서울에서 제 자식 키우느라 할머니에게 밥 한번 제대로 해 드리지 못한 게 마음에 걸렸던 듯했다. 딸은 할머니가 그동 안 즐기던 전통식과는 전혀 다른 날치알 루콜라샐러드며, 토마토치즈파스타며 생소한 이름의 이탈리아식 요리들을 차렸다. 식탁에 둘러앉아 어머니, 나, 딸, 손녀, 그리고 동생 네 가족들까지 오랜만에 4대가 어울린 식사를 하게 되었다. 어머니가 새로운 맛에 어떻게 반응하실까 궁금했는데 어머 니는 활짝 웃음을 지으며 좋아하셨다.

"손주가 밥을 해주었구나."

서울에 사는 손녀가 증손녀를 데리고 와서 직접 음식 을 장만해 대접해준 것이 어머니를 흐뭇하게 하였다. 나름 대로 음식에는 달인으로 알려진 어머니에게 손녀가 차려준 음식이 무엇보다 맛있는 최고의 기쁨을 가져다준 것이다.

❧ ❧ ❧

올해 가계당 김장 비용이 20만 원이다, 30만 원이다, 하 는 TV 뉴스가 나오지만 서울 집에서 아내가 김장을 하지 않 은 지 오래된지라 김장철을 별로 실감하지 못하고 지냈다.

김장철이면 으레 아내의 지인들이 김장을 담가서 두어 포기씩 선물로 주니, 먹을 때마다 김치 맛이 달라서 "이번 김장 김치는 뉘집 것인가?" 물어보며 보내준 집들의 김장 김치 품평을 즐기고 지내왔다. 그런데 어머니 댁에서는 김장철이면 모든 가족들이 덤벼들어 담가야만 했다. 11월 말에 광주 집에 가니 여동생이 나를 보고 엄마 흉 좀 봐야겠다며 한마디 했다. 김장배추를 외갓집인 순창 외삼촌네 밭에서 가져오는데, 올해는 열다섯 포기만 담그자고 하였던 것을 막상 배추를 보러 함께 간 어머니께서 "그래도 스무 포기는 넘게 담가야지야" 하고 고집을 피워 스물다섯 포기를 가져왔다고 했다. 우선 배추를 씻어서 간하는 일부터 결국은 여동생들이 해야 하는데 일이 그만큼 늘었다고 투덜거렸다. 그러고는 양념거리를 사 오라며 아직도 어머니께서 하나하나 지시하셨다. 사과 네 개, 배 네 개, 대파 한 단, 쪽파 한 단, 양파 두 묶음, 생강, 마늘, 청강, 멸치액젓, 새우액젓, 갈치속젓, 고춧가루를 사 오라고 지시하면서 금년에는 난데없이 연근도 사 오라고 했다는 것이다. 그 말을 듣고 어머니에게 여쭈었다.

"어머니, 난데없이 연근은 왜요?"

어머니는 TV를 보다가 연근을 넣으면 김치가 시지 않다는 말을 들었다고 그것을 넣자고 제안하였다. 아흔다섯 살인 어머니는 아직도 TV를 보면 메모를 해두었다가 실제로 실천하였다. 그런데 배추를 씻어 솎다 보면 배춧잎들을 버릴 수밖에 없게 된다. 그러나 어머니는 "내 동생이 정성스레 키운 배추이니 잎사귀 하나 버리면 안 된다"라며 버려야 할 잎들을 모두 삶아 시래기를 만들자고 하셔서 딸들의 반발이 커졌다. 버릴 것은 버려야 한다며 결국은 어머니 모르게 치우기도 하는 숨바꼭질이 벌어졌다. 옛날 어렵게 살며 곡식이나 먹거리를 소중하게 여겼던 어머니 세대의 절실함을 새삼 생각하지 않을 수 없었다. 더욱이 여든여덟 넘은 외삼촌이 직접 농사를 지은 것이라 어머니의 마음은 더욱 애틋했다. 어머니의 고집과 이것저것 사 오라는 지시에 시장으로 향하면서 일흔 넘고 대학 학장까지 지낸 여동생이 여전히 어머니가 시키는 대로 해야 하는 데 불만을 가질까 염려되어 "그런 것이 어머니 치매 예방에 최고 아니겠냐. 고맙고 감사한 일로 여기자"며 여동생을 달랬다.

우리나라 맛 칼럼니스트의 선구자로 맛 기행 책을 펴
낸 백파 홍성유 선생은 아버지의 도움을 받아 전라도 음식
의 진수를 접하게 되었다. 그 과정에서 우리 집을 방문하여
어머니가 차려준 음식을 맛보고 쓴 글이 있어 옮겨본다. 백
파가 격찬한 추어탕은 우리 집 음식의 간판이다. 이 글을 보
면 어머니 음식 솜씨가 어떻게 평가받는지 쉽게 짐작할 수
있다. 백파가 온 날 어머니는 마음먹고 음식을 장만하여 손
님 대접을 제대로 했던 것 같다.

광주는 말할 것 없는 맛과 멋의 고장이다.

광주를 최종 목적지로 하고 들른 일도 적지 않았지
만 전남 지방을 찾을 때면 언제나 광주에서 1박을 하곤
했다. 그럴 때마다 나의 술벗이 되어주는 것은 광주상
공회의소의 박선홍 부회장과 소설가 이명한 형이었다.
상대편에서야 싫어하거나 말거나 이편에서 쳐들어가듯
들이닥치는 것이었다. 그러나 그 어느 경우든 싫은 낯
하지 않고 반겨주는 것이었다.

특히 박선홍 부회장은 그 직책이 말하는 것처럼 호남 재계에도 발이 넓은 터이겠지만 과거 전남산악회 회장을 역임하였고 현재 광주민학회 회장을 맡고 있을 만큼 활동 무대가 넓으며 《무등산》《광주시사》《전남관광자원》 등의 저서가 있을 만큼 왕성한 집필 활동도 하고 있었다. 그뿐만 아니라 호남 지방 특유한 향토 미각에 대해서도 해박한 지식을 갖고 있었다.

근 10년 전, 나는 〈한국일보〉에 2개월에 걸쳐 전남 편의 '신풍토기'를 연재한 바 있었지만 그의 도움이 없었으면 어려웠을 것이며 호남권의 별미 여행도 불가능했을 것이다. 그만큼 그는 광주뿐만 아니라 호남권의 문화 예술 분야 전반에 걸쳐 대부적 역할을 하고 있는 것이다.

이번 광주에 들렀을 때도 숙소를 정하기도 전에 먼저 그를 찾았다.

"요즘 '추어 이야기'를 쓰고 계시더군……."

그의 첫인사가 그것이었다. 그는 〈주간조선〉의 좋은 독자였던 것이다.

"하지만 말이지, 우리 집 추어탕 먹어보지 않고 추어탕 말할 수 없지……."

덧붙여 말한 부인의 맛 자랑이었다. 그러고 보니 몇 해 전 그의 댁으로 초대받아 추어탕을 위시로 한 향토색 짙은 별미로 대접받은 것이 문득 생각났다.

"그것 한번 다시 먹어봅시다."

"그까짓 것 어렵지 않지."

반 농담으로 주고받은 말이 진짜가 되고 말았다.

흑산도산 홍어임을 강조하는 회와 쩜을 위시로 해서 버섯전, 호박전 등 각종 전류, 그 전도 아무렇게 지져낸 것이 아니다. 고추와 쇠고기와 계란을 삼중으로 덮은 특수 조리 전이다. 이를 순창산 고추장과 감초장에 찍어 먹게 하는 것이다. 이 밖에 지리산 산더덕구이, 순 도토리묵, 손바닥만 한 평치를 위시한 해산물, 10년 묵은 무 고추장장아찌에 깻잎, 토란대, 가지장아찌가 희한하다. 일찍이 맛본 일이 없었던 것 같은 빛과 색깔과 맛이 오묘한 갓신건지와 고들빼기김치, 이 밖에 육포며 갖가지 산나물은 눈에 차지 않을 만큼 상 위가 요란하다. 도대체 무엇부터 손을 대어야 할지 모를 만큼 현란하다.

마지막 압권으로 오늘의 주제인 추어탕이 마침내

등장한다. 술을 마시면 별로 식사를 하지 않는 고약한
버릇이 있는 나도 한 사발 뚝딱하고 말았다. 부인의 솜
씨로 된 이 댁의 추어탕을 대충 소개해둔다.

옛날의 추어는 뼈가 부드러워서 뼈째 갈아서 만들었는
데 요즘의 추어는 다소 뼈가 억세서 추어를 푹 끓인 다
음 손이 많이 가지만 뼈를 골라낸단다. 추어탕 국물은
쇠뼈 곤 것을 기름을 제거한다. 그런 다음 고추 생강 마
늘을 갈아서 넣고 들깨 가루는 체로 걸러서 푼다. 이 국
물에 시래기를 넣고 된장으로 간을 맞춘다. 먹기 직전
참기름을 몇 방울 띄우고 들게 하는 것이다. 이것이 이
가정 전래의 순수 추어탕 조리법이라는 것이다.
　　최근 '추어 시리즈'를 위해 자주 추어탕을 들 기회
가 있었지만 어느 업소에서 든 것 못지않은 구수하면서
도 시원한 것이었다. 그것도 그럴 것이 부인의 솜씨도
그러하지만 아직도 10년 묵은 장아찌가 남아 있고 순
창 고추장에 요즘은 만나기조차 어려운 감초를 만들어
먹을 줄 아는 기풍 있는 가정이니 그 맛이 어디로 가겠
는가.

— 백파 홍성유《식도락기행 1》, 우리 맛 좋은 집, 동학
사, 1990년

니 애비랑 가끔 갔어야

워낙 음식을 즐기고 감상할 줄 아는 아버지와 살다 보니 어머니도 이런저런 모임들로 수많은 식당들을 섭렵하셨다. 가끔 어머니를 모시고 시내 식당에 다니다 보면 여기도 저기도 아버지와의 추억이 서려 있었다. 광주 시내에 있는 한성, 쌍학, 뜰안채, 송하 어디를 가도 "니 애비랑 가끔 왔다"고 하시는 것이었다. 그뿐만 아니라 두 분은 동네에 있는 우주회관, 나주곰탕집, 청산돌솥밥집 등도 자주 이용하면서 이웃 사람들과 담소를 즐기셨다. 연세가 많이 드신 이후로 두 분은 한정식집보다 단품요릿집을 즐겨 찾았다. 육전을 하는 대광식당을 즐겨 찾았고, 막내딸이 사는 봉선동의 남해가든의 육사시미와 수기동에 있는 갯벌낙지한마당집의 뜨겁게 달군 돌 위에서 익힌 낙지볶음을 좋아하셨다. 그러나 두 분이 아쉬워한 곳은 송죽헌이었다. 특히 아버지는 전라도 반가班家 음식을 제대로 한 집인데 서울로 옮겨 가버렸다고 서운해하셨다. 젊은 시절 동료들과 광주에 내려오면 아버지께서 일부러 데려가 남도 음식을 맛보게 해준 식당이었다. 그런 인연으로 서울 생활을 할 때에도 대학에서 가까운 비원 앞에 이사 온 서울 송죽헌을 자주 찾으며 지인들에게 남도 음식을 소개해주었다. 아버지는 이후 광주시 외곽에 새로 생긴 몇몇 고급 한정식집들이 맛은 그럭저럭 괜찮지만 전통의 맛이 사라져서 아쉽다고 하셨다.

어머니가 특별히 좋아하는 곳은 계림동 광주고등학교 앞골목에 있는 '할매추어탕집'이다. 이 집은 경종배추를 푹 삶은 다음 배추 뒷면의 거친 부분을 일일이 뜯어내어 추어탕 속 시래기가 입에서 녹듯이 아주 부드럽다. "추어탕은 그 집이 제대로야" 하시며 입맛이 없으면 수시로 그 집에 가자고 하신다. 보행이 불편할 때면 여동생들이 번갈아가며 할매추어탕을 사가지고 왔다. 그곳은 아버지 어머니에게 특별한 사연이 깃든 곳이다. 어머니가 천주교 세례를 먼저 받았는데 아버지는 한동안 거부하다가 결국 어머니의 설득으로 매주 교리 공부를 다니기로 하였다. 어머니는 그때마다 항상 동행하셨다. 그리고 아버지의 교리 공부가 끝나면 두 분이 할매추어탕집에 매번 들러 추어탕을 드셨다고 한다.

또 다른 식당은 학동 전남대학교병원 골목에 있는 '이학설렁탕집'이다. 이 식당은 고기를 잘 삶아 설렁탕과 수육이 일품인 집이다. 특히 반찬으로 나오는 깻잎절임은 깻잎을 절일 때 참다랑어 가루(가쓰오부시)를 넣는 정성을 기울여서 대한민국 최고라 할 만큼 특별한 맛을 느끼게 해준다. 아버지는 이 식당을 자주 찾았고, 지인들과 수육 안주에 소주도 한잔씩 나누던 곳이어서 지인들이 아버지와의 추억을 자주 언급하던 오랜 인연이 있는 곳이었다. 그래서 어머니도 이 집에서 식사하기를 좋아하신다. 어머니의 보행이 불편해진 이후에는 여동생들이 시내 나갈 때 이 집 설렁탕이나 도가니탕을 사다 드리는데, 그때마다 매우 기뻐하신다.

중앙시장 뒷골목의 설렁탕집 '명덕식당'도 특별한 인연이 있는 곳이다. 우선 우리가 전에 살던 궁동 집 바로 뒤에 위치하고 있고 아버지 사무실이 있던 전일빌딩과 가까워서 아버지에게 접근이 편리했던 곳이다. 그 식당은 수십 년의 세월이 흘러도 설렁탕 가격을 절대 올리지 않은 집으

로 유명하다. 설렁탕에는 고기가 푸짐하게 들어 있고 수육
은 우설을 주로 하는 전통의 맛집이다. 식당 주인 김경녕
님은 간판에 자신의 얼굴 사진을 내걸고 '웃고 은혜로 사
는 세상 돼야'라는 글귀와 함께 '우리 조국을 섬기는 감사
의 은혜, 조상님과 부모님께 감사하는 은혜, 스승님과 어르
신께 감사하는 은혜, 친구들의 고마움의 은혜, 사회 공동체
를 위한 상부상조의 은혜'를 새겨놓았다. 투철한 사회정의
의식이 있는 독특한 분이다. 식당 주인은 아버지를 존경하
여 무등산악회며 민학회의 열렬한 회원이었다. 특히 아버지
장례식에서 관을 운구할 때 이분이 뛰어들어 꼭 자신이 아버
지 관을 직접 운구하고 싶다며 자원한 일은 잊을 수 없다.
나도 광주에 머물 때면 가끔 친구들과 더불어 이 식당을 이
용하였고 그럴 때마다 주인은 아버지를 회고하면서 어머니
안부를 묻곤 하였다. 이와 같이 광주 시내에 있는 여러 식당
사람들과 아버지 어머니는 모두 가족이었고 친구였다.

코로나 사태가 심하여 어머니와 외식하기가 거의 불가
능했다. 그러던 차에 백세인 연구를 함께한 전남대 이정화
교수가 저녁 식사에 나를 초청하였다. 증심사 가는 길목에

있는 관가통오릿집이었다. 처음 먹어보는 통오리구이가 맛이 특별나서 어머니를 모시고 와서 대접해야겠다고 했더니 추가로 통오리 한 마리를 어머니께 드리도록 준비해주었다. 집에 와서 어머니께 자랑 삼아

"어머니, 오늘 맛있는 통오리 먹었습니다. 후배 교수가 어머니께 선물로 한 마리 사주어서 가져왔습니다"

그랬더니 어머니가 웃으면서 말씀하셨다.

"니 애비와 가끔 간 집이다."

어느 날 전남대 의대 후배 교수들과 화순군에서 염소탕으로 유명하다는 무등산 뒤 깊은 중턱에 있는 '너와 나의 목장'이라는 식당을 찾았다. 평소 염소탕을 그리 즐기지도 않았고 먹을 기회도 많지 않던 차였는데 후배 교수들이 강권하여 따라갔다. 그런데 다행히 탕에서 염소 특유의 냄새도 나지 않고 맛이 괜찮았다. 염소는 특히 여성에게 좋다는 속설이 있어 어머니가 퇴원 후 기력을 회복하셨으면 하는 마음에 그 집 염소탕을 사 갔다. 그랬더니 또 어머니는

"그 집, 니 애비랑 가끔 갔어야" 하셨다.

어머니는 아버지와 수많은 식당들, 여행지들을 함께

다녔던 것이다. 그래서 외로우신 어머니께 위로라도 드리려
고 식당에 모시고 가면 어머니는 역시 "니 애비랑 가끔"이라
는 표현으로 지난날의 추억을 되새기며 감동을 주었다.

향토 음식과 맛

고향이 광주이다 보니 서울이나 타지방에서 만나는 친구들과 지인들은 내게 음식을 대접할 때마다 비슷하게 한마디씩 던졌다.

"남도 음식이 최고지만 이곳 음식도 들어보게."

더더욱 어쩌다 우리 집에 들러 어머니가 차려준 음식을 맛본 친구들은 나를 식사에 초대할 때마다 주눅 들어 신경을 쓰곤 하였다. 솔직히 말해 고향의 음식이라 해도 광주 떠나 50년을 산 터라 항상 먹던 음식도 아니었는데도 친구들은 내가 늘 걸쭉하고 다양한 전라도 밥상을 받고 산다고 생각하는 모양이었다. 특히 광주와 대구를 오가며 살다 보니 전라도 음식과 경상도 음식의 문화적 차이로 인한 특별한 에피소드들이 많이 생겨났다.

　첫 번째는 송이버섯불고기와 관련된 일이다. DGIST의 석좌교수로 부임했을 때였다. 나와 서울대 의대 동기 동창으로 기초의학을 함께 하였는데 진주에 소재한 경상대학교에서 의과대학을 설립한다고 하자 고향 발전에 기여하겠다며 자원해서 진주로 내려간 동료가 있다. 그는 동 대학에서 교수와 학장을 역임하고 지역 발전에 기여한 이광호 교수이다. 영남 지역에도 학계에서 만난 선후배들이 적지 않지만 막역하게 생각하는 동료 중의 하나가 이 교수였다. 그래서 DGIST에 자리 잡은 즉시 신고 삼아 바로 연락하였다. 그러자 바로 축하 회식을 하자며 연락이 왔다.

　"박 교수, 거기 교실원들 전원하고 우리 교실원들 전원 함께 회식하세."

　물론 쌍수 들어 환영하였다. 후배들을 서로 이어주고 협력 연구도 할 수 있으면 하는 마음이 컸기 때문이다. 그런데 회식 장소를 대구나 진주가 아닌 엉뚱한 합천 해인사 입구에 있는 식당으로 통보하였다.

　"이 교수, 아니 진주에서 그냥 하지, 무슨 해인사인가?"

"야, 경상도 음식으로 박 교수 입맛을 맞출 수가 없어. 그래서 박 교수가 잘 먹어보지 못했을 자연산 송이불고기 파티를 하려네."

내 입맛이 전라도 입맛이라 경상도 음식으로는 도저히 맞출 수 없다고 지레 걱정한 것이다. 그러나 나는 지역별 음식의 독특한 맛 자체를 즐겨왔다. 외국을 가더라도 언제나 그 지역의 고유한 음식을 찾아 즐기곤 하였다. 특히 백세인 조사를 하는 동안에는 전국을 누비면서 지역 전통의 음식 맛과 다양한 종류를 알게 되었고, 그 고유한 맛을 충분히 즐기고 지냈었기 때문에 지역 음식을 맛으로 탓할 생각은 꿈에도 없었다. 그러나 워낙에 별나고 고집 세기로 유명한 친구이기 때문에 어쩔 수 없이 함께 내려온 연구원들을 모두 데리고 해인사로 갔다. 입구에 있는 식당에서 자연산 송이버섯과 불고기에 소주를 곁들여 시간 가는 줄도 모르고 정말 배부르도록 먹었다. 헤어질 때 그 친구는 우리 연구원들에게 각각 자연산 송이버섯 한 상자씩을 추가로 선물로 주었다. 경비가 상당히 나왔으리라 우려하여 우리 연구원에게 식비를 분담하도록 지시하였는데 이 교수가 전액 지불했다고 하였다. 연구원이 넌지시 건넨 말에 나는 더욱 부담을 느꼈다.

"선생님, 100만 원이 훨씬 넘은 것 같아요."

그래서 항의했다.

"어이, 이 교수가 이렇게 해버리면 너무 부담이 커서 안 되네. 나도 분담해야겠네."

그러자 또 엉뚱한 답이 돌아왔다.

"야, 박 교수가 내 관할구역에 진입했는데 내가 환영하고 축하해야지."

내가 대구로 온 것을 두고 자신의 고향인 경상도 땅으로 진입했다고 표현하니 웃을 수밖에 없었다. 여하튼 너무나 큰 대접에 감사하지 않을 수 없었다. 친구 따라 강남 간다는 말이 있듯 나를 반갑게 맞아주는 친구가 있어서 기뻤다. 친구가 멀리서 찾아오면 이 아니 반갑겠는가!

두 번째 에피소드는 DGIST 뉴바이올로지 석좌교수를 그만두고 전남대학교 연구석좌교수로 이임하였을 때의 일이다. 대구에서 2년 근무하는 동안 회식을 수없이 했지만 거의 대부분 육류 위주였다. 대구 막창골목부터 따로국밥, 현풍할매곰탕, 육고깃집, 삼겹살구잇집을 비롯한 각종 육류 중심 메뉴로 회식하였다. 광주 음식과 대구 음식의 가장 큰 차이는 해산물과 육류의 선호도 차이이다. 육류보다 해산물을 즐겨왔던 나로서는 가끔 불평하기도 하였다. 그러나 DGIST가 속한 달성군에는 당시 해산물집도 없었기 때문에 투덜거려봐야 소용이 없었다. 그렇게 2년이 흐르고 내가 DGIST를 떠난다고 하니 학과의 교수들이 환송연을 열어주기로 하고, 수원의 삼성종합기술원에서부터 나와 함께 일했던 이영삼 교수에게 내가 선호하는 음식을 물었던 모양이다. 그래서 그들이 결정한 식당이 대구 시내에 소재한 꼬막집이었다. 나름대로 내 취향을 생각해서 어렵사리 찾아낸 식당이었다. 수원에 근무할 때 가까이 벌교 꼬막집이 생겨 연구원들을 자주 데리고 가서 꼬막정식을 즐겨 먹었던 일을 같이 근무했던 이영삼 교수가 기억해준 것이다. 그런데 꼬막집으로 결정했다는 말을 듣고 걱정이 앞섰다. 우선 그 식당이 꼬막을 제대로 삶을 수 있을까 하는 우려가 첫째였다. 그리고 그 집에 내가 좋아하는 참꼬막이 있을까 하는 생각도 들었다. 보통 서울의 식당에 나오는 꼬막은 내가 즐겨 먹는 참꼬막이 아니었다. 그래서 군이 꼬막집을 찾지 않았다. 그런데 수원에 새로 생긴 벌교 꼬막집은 참꼬막을 벌교에서 가족들이 직접 채취하여 가져오고 삶는 방법도 제대로였기 때문에 내가 어렸을 적부터 즐겨 먹던 바로 그 꼬막 맛이었다. 그래서 그 집을 자주 찾고 동료들에게도 적극 추천하였다. 그런데 대구의 꼬막집이라니 의심이 생겼지만, 환송연을 받는 입장에서 뭐라고 불평할 수도 없어 그냥 고맙다고 하였다.

그러나 우려는 현실이 되었다. 무엇보다도 꼬막정식에 나오는 꼬막이 참꼬막이 아니라 새꼬막이었다. 얼핏 비슷해 보여도 두 꼬막 사이에는 맛에 있어 엄연히 바다와 같은 거리가 있다. 새꼬막은 양념해서 반찬으로 무쳐 먹을 때나 먹는 것이지, 갓 삶아 양념 없이 까먹는 꼬막은 참꼬막이어야 한다. 그런데 그 꼬막집의 꼬막은 참꼬막이 아니었다. 그리고 꼬막 삶는 방법이 역시 기대 밖이었다. 살짝 데치듯 하여 꼬막을 까면 붉은 핏물이 자르르 흐르고 그 짭짤한 맛을 즐기는 것이 일품인데 벌써 삶는 방법이 정통이 아니었다. 실망스러웠지만 내색할 수도 없어 환송연이 끝날 때까지 이야기꽃을 피우면서 입맛을 달랠 수밖에 없었다. 나오면서 식당 주인에게 물었다.

"주인장, 어찌 참꼬막을 준비하지 않았소?"

"참꼬막값을 감당할 수 없어서 못 했어요."

참꼬막이 비싸서 준비를 못 했다니 할 말은 없지만 그래도 대구에서 내로라하는 꼬막집인데 아쉬울 뿐이었다. 참꼬막 맛을 제대로 모르는 사람들이야 새꼬막이라도 마찬가지일 것이기 때문이다. 그래서 DGIST 교수들에게 한마디 하였다.

"어이, 꼬막은 벌교 가서 먹게나."

음식의 전통이 다르다 보니 무늬만 흉내 내는 것이 얼마나 큰 문제인가 깨닫게 해주었다. 그런데 입맛이란 참 묘하다. 대구에서 2년여 살면서 거의 매일 육류가 중심인 식단에 젖어 살다가 광주에 가서 해산물과 채소 위주의 일상식으로 바꾸다 보니 묘한 반발이 생겼다. 고기가 그리웠다. 한 달에 한 번씩 세미나와 자문을 위해 대구를 방문하면 으레 DGIST 후배들이 식당을 어디로 정할까 묻는다. 그러면 나도 모르게 이런 말이 나왔다.

"어이, 고깃집 가세."

5장

어머니가 들려주신 이야기

가족 이야기

어머니 곁에 돌아와 이런저런 옛이야기들을 들을 수 있었던 것은 하늘이 주신 기회였고 축복이었다. 어머니가 들려주는 지난 세월의 온갖 사건들은 마치 어렸을 때 여름날 저녁이면 마당 평상에 누워 할머니가 모깃불 피워놓고 부채질해 주면서 도란도란 들려주시던 옛날이야기들같이 아득하게 들렸다. 그동안 자식이라지만 50년 넘게 떨어져 살다 보니 아버지와도 깊은 이야기를 나눌 시간이 별로 없었다. 이것 저것 일을 벌이며 바쁘게 지내다 보니 가족 행사에도 겨우 잠깐씩 들렀을 뿐이었다. 그래서 친척들과도 말을 나눌 기회가 별로 없었다. 집안 이야기도 이런저런 지나가는 말로 귀동냥했을 뿐이었다. 그동안 한 번도 제대로 들어본 적 없던 부모님의 삶과 가족에 관한 이야기들을 비로소 어머니로부터 들을 수 있었다. 어머니의 이야기를 통해서 나는 다시 동심에 젖게 되었고 아득한 지난날 우리 집안에 있었던, 상상도 못 할 일들에 대해 알게 되었다.

나는 50년 동안 서울에서 살았기 때문에 아버지가 만난 분들을 더러는 알지만 대부분은 잘 알지 못하였다. 그래서 어머니와 앉아서 가끔 아버지의 행적에 대해 물어보곤 했다. 아버지와 어머니는 꼭 70년을 함께 사셨기 때문에 함께 얽히고설킨 일들이 많을 수밖에 없다. 사람 좋아하고 술 좋아했던 아버지 때문에 벌어진 일들과 만나게 된 수많은 사람들에 대한 어머니의 기억은 특별했다. 미처 알지 못했던 아버지의 일화들, 어머니의 생활, 가족과 친지들의 이야기, 한국전쟁 후의 혼란, 그리고 아버지와 함께했던 추억들을 어머니는 잔잔하게 들려주셨다. 어머니는 온갖 시련에 시달리면서 인생 역전을 이룬 일들에 관해서도 이런저런 이야기들을 해주셨다. 험난하고 복잡다단한 세상에서 살아남기 위해서 그리고 가족을 지키기 위해서 전력투구하며 살아온 어머니의 생애는 전에는 상상해보지 못한 일이었다.

고향을 떠나 서울에 살면서 까마득하게 잊어버렸던 먼

옛날 이야기를 들으며 격동의 세월 동안 무심하게 살아온 나 자신을 반성해보게 되었다. 그리고 어머니의 삶도 얼마나 힘들고 괴로웠을까 되새겨보지 않을 수 없었다. 더구나 어머니가 생활 전선에 나서서 겪어야 했던 수많은 고초들과 이에 얽힌 사연들은 이전에는 전혀 몰랐던 것이었다. 아버지와 어머니는 그동안 당신을 서운하게 한 사람들에 대해서는 자식들에게 대물림하지 않으려고 일체 말씀을 안 하셨다고 했다. 그런 와중에도 과거에 아버지와 어머니를 속이고 또 많은 고초를 겪게 한 사람들이 요즘도 주변에 있다는 사실을 더러 알게 되어 놀라기도 했다. 다만 그런 사람들이 근자에 하는 행동들을 전해 들을 때면 어머니는 "그 사람 그러면 안 되는데……" 하며 씁쓸해하셨다. 어머니가 그런 사람들에게 할 수 있는 가장 심한 말은 그 정도였다. 이런저런 사실들을 전혀 모르고 살았던 것에 대해 어머니, 그리고 돌아가신 아버지에게 죄송한 마음이 들었다. 그러면서도 당신들의 서운함을 대물림하지 않으려 노력한 부모님의 마음에 감복하지 않을 수 없었다.

아버지의 형제애

아버지는 살아 있든 돌아가셨든 상관없이 형제들을 똑같이 지극한 마음으로 대하셨다. 그리고 살뜰히 챙기셨다. 그것이 바로 형제애이고 우애임을 자식들에게 보여주셨다. 아버지는 형님인 큰아버지와 동생인 작은아버지의 제사를 당신이 돌아가시기 전까지 모셨으며 두 분과 알고 지내던 분들과도 가까이 지내면서 형제를 생각하고 그리워하셨다. 미국에 사는 여동생, 즉 내 고모님의 가족들에게도 수시로 연락하고 매년 한국으로 초대해 한 달여 집에서 함께 시간을 보냈다. 그러나 아버지는 친형제들만 챙기신 것이 아니었다. 아버지는 어머니의 형제자매들도 모두 곡진하게 살펴주셨다. 이뿐만이 아니었다. 아버지에게는 어머니가 두 분 계셨다. 친어머니는 아버지가 열 살 무렵 세상을 일찍 떠나셨고, 두 번째 어머니를 열다섯에 맞았다. 나는 이런 사실을 대학생이 될 무렵까지 전혀 몰랐다. 가족 어느 누구도 말해주지 않았기 때문에 나를 돌봐주신 할머니가 친할머니인 줄로만 알았다. 할머니께서는 손자인 우리 형제들을 정말 정성으로 키워주셨다. 특히 어머니가 생활 전선에 나서서 미장원, 편물점, 양품점을 하였기 때문에 집을 비우기 일쑤였고, 그런 시절 할머니가 전적으로 우리들의 생활을 챙겨주셨다. 그래서 초등학교 시절 친구들은 우리 집에 놀러 오면 항상 챙겨주는 할머니를 내 어머니로 기억하고 있을 정도였다. 대학생이 되었던 어느 해 할아버지 제사에 참석한 친할머니의 친척 되는 분이 말씀해주어 비로소 이런 사정을 알게 되었다. 그래서 아버지에게는 외갓집이 두 곳이었다. 친어머니의 장흥과 두 번째 어머니의 무등산 화엄촌 부락이었다. 이 두 곳에서 찾아오는 모든 친척들을 아버지는 한결같이 맞아주셨다. 장흥에서 온 친척들은 광주에 일이 있을 때면 으레 우리 집에서 숙식했기 때문에 우리 집은 여관집이나 다름없었다. 더욱이 장흥은 할아버지의 고향이기도 해서 그곳에 계신 친가 쪽 분들도 많이 찾아와 머물다 갔기 때문에 우리 집은 아버지의 친가 외가 사람들의 집합소나 다름 없었다. 특히 친할머니는 7공주댁이어서 자매들만 일곱 명이나 되었고 그중 우리 할머니가 여섯째였다. 당시는 형편이 어려워 친척들이 모두 힘들어할 때인지라 서로 교류가 쉽지 않았는데 아버지가 나서서 이들을 만나게 하고 서로 어울리게 하였다. 그래서 친할머니 일곱 자매의 자손들이 모여 아버지의 권유로 '금당회'를 조직하였고 지금껏 수십 년을 이어 정을 나누며 상부상조하고 있다. 이런 모든 일을 불평 한번 하지 않고 뒷바라지해온 어머니는 얼마나 힘들었을까 상상하기도 어려운 일이다. 그러나 당시 어렸던 나는 이런 복잡한 사정을 전혀 알지 못했고 생활이 그렇게 어려울 것이라는 생각도 해본 적이 없었다. 아버지 어머니는 자식들에게 생활의 어려움에 대하여 전혀 내색하지 않았다.

※ ※ ※

아버지와 큰아버지는 열 살이 넘는 터울을 가지고 있었다. 아버지에게 형님은 무엇이든지 잘하는 우상이었다. 큰아버지 성함은 용풍龍風 박영복 님이다. 광주고보를 우수한 성적으로 다니면서 미술에도 조예가 깊어 당시 조선미술전에 학생으로 입상할 정도의 탁월한 실력을 가졌고 유도, 검도도 이미 유단자가 될 정도로 활달하셨다. 졸업반이 되면서 일찍 결혼하셨는데 폐결핵을 앓게 되어 진학을 포기하였다. 대신 승주에 있는 수리조합에 직원으로 들어가서 요양하며 지내다가 결국 요절하셨다. 젊은 나이에 남편을 잃은 큰어머니는 바로 친정으로 돌아가버렸고, 아버지는 돌아가신 형님 제사를 직접 끝까지 모셨다. 큰아들의 요절에 극도로 상심하신 할아버지께서 큰아버지가 사용했던 책이며, 노트며, 일기며, 의복 등을 모두 불태워버렸다. 기대가 컸던 만큼 충격도 컸기에 잊어버리고 싶은 충동이 얼마나 컸을까 상상하기도 어렵다. 그래서 큰아버지에 관련해서는 집안에 사진 한 장 남아 있지 않았다. 아버지가 내내 모셔 온 큰아버지 제사 때면 위패 한 장 걸어놓고 절하였다.

작은아버지 박태홍 님은 아버지 바로 밑 남동생이다. 참 비극적인 운명을 가진 분이었다. 해방 후 육군사관학교 2기로 들어가 통신분과를 자원하여 우리나라 최초의 통신장교로 임관하고 원주, 부산, 모슬포 등지의 군 통신부대를 개설한 개척자였다. 그러나 한국전쟁 직전 여수순천10·19

사건이 발생했을 때는 당시 문제의 14연대 통신대장 신분이었다. 마침 사건이 일어난 날에는 갓 태어난 조카인 나를 보러 광주로 외박을 나온 통에 반란군에 가담하지 않을 수 있었다. 오히려 나중에는 진압군의 통신대장이 되어 여수로 가야 하는 기막힌 운명을 겪었다. 작은아버지는 이러한 군인 생활에 환멸을 느끼고 경찰로 신분을 바꾸어 나주경찰서장으로 발령을 받았다. 하지만 바로 한국전쟁이 발발하여 완도까지 퇴각하다가 그곳에서 전사하였다. 동족상잔의 한가운데 설 수밖에 없는 비극적인 운명이었다. 그런 작은아버지를 위해 아버지는 해마다 꼭꼭 제사를 지내주었다. 제사 때면 스치듯 하시는 말씀이 "네 작은아버지가 살아 있다면 체신부 장관 정도는 했을 것이다"라며 아쉬워하셨다. 아버지는 작은아버지와 인연을 맺었던 동료들을 친동생처럼 여기고 따뜻하게 챙겼다. 그래서 어린 시절 나는 아버지가 작은아버지의 친구분들이라고 인사를 시킨 기억이 여러 번 있었다. 작은아버지는 가정을 이루지 못하고 떠나셨지만 군 시절 원주육군병원에 입원하였을 때 간호해주었던 간호장교와 특별한 인연을 맺었다. 결혼을 약속한 사이였는지 전사하기 전 작은아버지가 아버지께 그분을 소개했고, 그래서 작은아버지 사후에도 아버지와 가끔 연락하고 지냈다. 그분은 내내 독신으로 지냈다고 한다. 나중에 파독 간호사로 자원하여 떠나기 전 아버지에게 연락하며 추억을 되새겼고 당시 대학에 갓 입학한 내게도 축하와 따뜻한 격려를 해주었다. 안타깝게 살다가 돌아가신 작은아버지는 우리 역사의 희생자였다.

고모 박추홍 님은 아버지의 막내 여동생이다. 할아버지는 큰아들이 죽고 나서 공부는 필요 없다며 자식들 공부를 못 하게 하고 생활 전선에 뛰어들게 하였으나, 아버지는 여동생을 할아버지 모르게 학교에 보내, 고모는 수피아여고를 졸업하고 중등교원양성소를 나와서 후에 중학교 교사가 되었으며, 전남대학교 의대를 졸업한 고모부 이규선 님을 만나 결혼하였다. 고모부는 우리나라 초창기 마취과 전문의였고 가톨릭대학교 의과대학 마취과 교수로 일하다가 싱가포르로 이주하였다. 그 후 자메이카를 거쳐 미국 뉴욕으로 건너가서 다시 미국 마취과 전문의가 되었다. 고모에게는 아들 하나와 딸 둘이 있는데 아들 이재훈은 컬럼비아대학교와 뉴욕주립대학교 의대를 나와 일반외과와 심장외과 전문의가 되어 세계적으로 유명한 클리블랜드 클리닉의 심장병 전문 의사이자 대동맥 수술의 권위자가 되었다.

고모 고숙 내외분은 매년 휴가를 내어 한국에 와서 친지들과 함께 어울렸다. 귀국할 때마다 아버지가 두 분을 극진히 보살피고 챙기니 실제 뒷감당해야 하는 내 여동생들이 수고를 아끼지 않았다. 아버지와 고모의 형제애는 유별났다. 동생을 위해서라면 무엇이든 최선을 다하려고 하셨다. 수시로 미국에 전화해서 여동생과 가족들의 안부를 물었다. 그러면서 자식인 우리 형제들도 고모님 내외에게 자주 연락하고 잘 지내기를 간절히 바라셨다.

❖ ❖ ❖

내가 초등학교 5학년 때의 일이다. 항상 위패만 있던 큰아버지 제사상에 사진이 한 장 놓였고 그 뒤로 조그만 8폭 병풍이 서 있었다. 그날 제사 도중에 아버지는 "형님"을 외치며 목 놓아 크게 우셨다. 우는 아버지를 보면서 당황해 어찌할 바를 몰랐던 기억이 아직도 선연하게 남아 있다. 아버지의 우는 모습을 처음 보았기 때문에 더 당황했다. 여러 해가 지나 대학생이 되었을 때 하루는 아버지가 큰아버지에 대한 놀라운 이야기를 들려주었다.

　큰아버지에겐 학창 시절부터 절친하게 지내온 친구가 있었다. 전남대학교 교수를 지내고 무등산악회를 아버지와 같이 창립한 고재기 선생님이었다. 큰아버지와 절친한 친구였다는 사실은 일찍부터 알고 있었다. 아버지는 평소에도 고재기 교수님을 친형님처럼 모셨다. 그래서 내게도 그분께 꼭 세배를 가도록 하였다. 어느 해, 아버지는 혹시나 하고 고재기 교수님께 돌아가신 형님의 사진을 한 장이라도 가지고 있는가 여쭈었다고 한다. 그런데 고재기 교수님이 깜짝 놀라며 왜 그러느냐고 물으시기에 "아버지께서 큰아들의 죽음에 너무도 충격을 받아 형님과 관련된 모든 것을 없애버렸다"고 자초지종을 말씀드렸다. 교수님은 며칠 지나 연락하겠다고 하더니 한 달 뒤에 큰아버지의 아호를 새긴 '용풍유고龍風遺稿'라는 표지가 붙은 오동나무 상자를 아버지께 건네셨다. 그 속에는 30년 넘게 당신이 간직해온 큰아버지의 편지 수십 통과 조그만 병풍 그리고 의자에 앉아 계신 큰아버지의 사진 한 장이 들어 있었다. 그림을 잘 그렸던 큰아버지는 당시 보성전문학교(현 고려대학교)에 다니던 친구에게 거의 매주 모필毛筆로 편지를 써 보내면서 글월 옆에는 당신이 살고 있는 승주 부근의 풍광을 그려서 보내셨다. 고재기 선생님께서는 그중 그림이 있는 편지 여덟 장을 따로 뽑아서 조그만 병풍으로 만들어 아버지께 주셨다. 그래서 내가 어렸을 적 아버지가 우시던 큰아버지 제삿날에 나도 처음으로 큰아버지의 얼굴을 보았다. 아버지는 형님의 사진과 편지 병풍을 놓고 큰아버지와 고재기 교수님의 우정에 감동하고 감사하며, 그리고 돌아가신 형님을 그리워하며 그렇게 서럽게 우셨던 것이다.

❧ ❧ ❧

1982년 여름 미국 메릴랜드 베세즈다 소재의 국립보건원이라는 세계적인 생명과학 연구 기관에 박사후연구원 자격으로 가게 되었다. 워싱턴에서 멀지 않은 록빌에 아파트를 구해 자리 잡았다. 도착하고 바로 다음 주말에 당시 뉴욕에 살던 고숙 내외분이 조카들이 왔다고 챙긴다며 생활에 필요한 주방 기구며 용품들을 차에 가득 싣고 멀리서 찾아오셨다. 너무나 고맙고 감사한 일이었다. 그러나 놀랄 일이 벌어졌다. 조카가 왔다고 일부러 뉴욕 어시장에 가서 큰 홍어 한 마리를 사서 아이스박스에 넣고 또 쌀 한 포대까지 챙겨 가져오신 것이다. 홍어는 남도 사람들에게 일종의 소울 푸드 같은 것이기에 가져오신 마음을 읽을 수 있어 감사하기만 했다. 그러나 쌀은 부근에서도 쉽게 구할 수 있는데 굳이 뉴욕에서 사가지고 오신 연유를 여쭈었다.

"고모부, 무슨 쌀까지 뉴욕에서 가지고 오셨어요?"

"야, 조카가 먼 길을 왔다는데 무슨 선물이 좋을까 고민하다가 쌀을 구했다."

"왜요?"

"예부터 어른이 아랫사람에게 쌀 한 가마니 선물하는 게 최고 아니었냐."

벌써 한국을 떠난 지 근 20년이 지났는데도, 아직도 옛 정취에 젖어 멀리서 온 조카에게 쌀 한 가마니 주고 싶으셨던 것이다. 충심으로 감사할 뿐이었다.

그런데 문제는 난데없는 홍어였다. 우선 홍어의 크기가 컸다. 토막 낼 칼도 마땅치 않았다. 갓 미국에 온지라 주방 기구가 충분하지 못하였다. 고모님이 작은 부엌칼로 어렵사리 조금 잘라내어 회도 썰고 무쳐주어 먹었다. 그리고 나머지는 힘들여 조각내어 냉장고에 보관했다. 달포쯤 지나 NIH 인근에 사는 한국인 학자들에게 연락해, 도착 신고도 할 겸 집으로 초대했다. 우리 집에 홍어와 술이 있다는 소식을 듣고 NIH, 메릴랜드대, 조지워싱턴대에 근무하는 10여 명의 연구자들이 잔뜩 기대에 부풀어 찾아왔다. 그러나 내 아내는 물론 어느 누구도 홍어 요리를 할 줄 몰라 그냥 회로 썰거나 끓여 국을 만들어 먹는 것으로 만족해야 했다. 묵은지도 있어야 하고 삼겹살도 있어야 하는데 그런 요리를 생각도 할 수 없는 형편이었다. 전라도 출신 친구가 홍어 요리를 대접한다고 하여 기대하고 찾아온 손님들에게 실망만 안겨준 꼴이 되었다. 그래서 핑계를 대고 양해를 구했다. "홍어는 흑산도 홍어여야 하는데 이 홍어는 대서양산이라 맛이 별로네."

따뜻한
외갓집의 추억

외할아버지 근암槿庵 강태현 님은 전형적인 한학자셨고 선비였다. 그러나 일제강점기를 거치면서 삼대독자셨기에 출세를 포기하고 지방에 남아 한학을 하면서 동네 선비들과 시조를 읊으며 유유자적하게 사셨다. 어린 시절, 밤이면 사랑채에서 낭랑하게 울리는 어르신들의 시조창을 들으며 잠을 이루곤 했던 기억이 삼삼하다. 당시 외갓집은 순창군 관내에서 부농이었고 할아버지는 경제적으로 핍박을 받지 않고 사셨다. 어머니가 장녀였기 때문에 장남인 나는 외갓집에서도 귀한 장손으로 후한 대접을 받고 자랐다. 동생을 낳은 후로 어머니는 나를 외갓집에 맡겨 초등학교 다니기 전까지 상당 기간을 순창 외갓집에서 살게 되었다. 예부터 내려온 '장손은 외탁外託'이라는 사례에 나도 들어간 셈이다. 다섯 살 때부터 외할아버지는 나에게 한문을 가르쳐주셨다. 그리고 시험을 보고 만점을 받으면 항상 벽장 속에서 잘 익은 대봉 홍시를 한 개씩 주셨다. 그래서 그런지 지금도 나는 감을 제일 좋아한다. 특히 대봉 홍시는 만점을 받았다는 추억을 되새기게 하여 나에게 성취감을 안겨주는 소울 푸드이다.

어머니에게는 남동생 두 분과 여동생 두 분이 계셨다. 그리고 이복형제로 언니 한 분과 남동생 두 분이 계셨다. 여러 형제자매들이 있었지만 이중 서울에 사는 어머니의 큰동생인 큰외삼촌은 어렸을 때부터 건강이 좋지 못했다. 특히 천식을 오래 앓았다. 큰외삼촌은 알레르기를 피하기 위해 고향인 순창을 떠나야 했고 대학을 마치고 부산과 서울에서 고등학교 영어 교사로 평생 지내셨다. 어머니는 그런 큰동생을 항상 안타까워하셨다. 그래서 상경할 기회가 있으면 꼭 만나고자 하였다. 아흔이 넘어 어머니가 임플란트로 고생할 때 큰외삼촌의 손녀 혼사 청첩장이 왔다. 몸이 불편하시니 우리가 대신 참석해 어머니의 간곡한 마음을 전하겠다 했더니 직접 가시겠다고 고집을 부리셨다. 동생도 보고 싶고 이제 살면 얼마나 살겠느냐는 것이었다. 마침 광주와 서울을 왕복하는 항공편이 생겨 여동생들이 어머니를 모시고 행사에 참석했다. 집안에서 우리들이 축의금을 준비해 가지고 갔지만 어머니는 막내 여동생을 불러 따로 봉투를 내밀며 삼촌께 드리라고 하였다. 삼촌께는 누나인 당신이 준 돈이 아니고 조카들이 따로 드리는 것으로 하라고 시켰다. 혹시나 삼촌 마음이 불편할까 봐 그렇게까지 배려하며 나이 들고 몸이 약한 동생을 챙기는 모습에서 어머니의 지극한 형제애를 느낄 수 있었다.

작은외삼촌 강재식 님은 광주에서 조선대학교를 다녔지만 군 복무 후에 고향으로 돌아가 선산을 개척하여 논밭을 일군 새마을 지도자였다. 외삼촌이 야산을 개척할 때 초등학교와 중학교를 다니던 나는 방학 때마다 외갓집 산에 가서 원두막도 지키고 수박 참외를 수레에 실어 시장에 가지고 나가 팔기도 했기에 다른 외삼촌보다 작은외삼촌과 더 가깝다. 작은외삼촌은 이제 아흔이 되었지만 여전히 경운기 몰고 산에 가서 농사를 짓고 있다. 외삼촌은 철마다 쌀이며 배추, 무, 고구마, 참깨, 들깨, 호박을 광주 어머니 댁으로 보내주셨고, 가끔 서울에 사는 내게도 보내주어 무공해 유기농 음식을 먹게 해주셨다. 어머니는 외할아버지와 외할머니를 돌아가실 때까지 지극정성으로 모신 작은외삼촌 내외를 항상 감사의 마음으로 대하였고, 조금이라도 더 배려하고 도와주기 위해서 많은 노력을 기울였다. 코로나19 사태가 마무리되어 전남대병원 의료진과 구곡순담 지역의 농촌 노인 실태 조사 겸 의료 봉사를 나가는 기회가 있어 외삼촌 내외분에게도 연락하여 진료받도록 했다. 그런데 놀랍게도 두 분은 외삼촌이 직접 모는 오토바이를 타고 오셨다. "삼촌, 무슨 오토바이를 타고 다니시오? 위험하니 경운기 타고 다니시오"라고 주의를 주었지만 "어쩐다냐. 걱정 마라. 암시랑도 안 해야" 하셨다. 아흔이 된 외삼촌은 마이동풍馬耳東風이었다. 외삼촌에게 건강상 문제가 전혀 없어 다행이었다. 나이를 탓하지 않고 적극적으로 농사를 지으며 당당하게 살아가는 모습을 뵐 수 있어 자랑스러웠다. 이모 두 분도 광주에서 가까이 살고 있어 수시로 오가며 지내고 있다.

아버지는 어머니의 이복형제들과도 참 가깝게 지내셨다. 조선대학교 수학과 교수로 은퇴한 이복동생 강종식 님은 어느 날 나와 이야기하다가 "평생에 나에게 은혜를 베풀어준 사람은 자네 아버지밖에 없었네" 하며 아버지가 여러 가지로 도와주신 것에 대해 감사해하였다. 다만 어머니의 이복언니인 큰이모님은 동복 부잣집으로 시집갔는데 한국 전쟁 때 집안이 거덜 난 후로 어렵게 생활한다며 안타까워 하셨다.

❦ ❦ ❦

과거에는 전통적으로 식사할 때 조부, 부, 아들들의 밥 상을 모두 따로 차렸다. 할아버지 밥상에는 어느 누구도 앉을 수 없었는데 나만이 장손이라고 앉는 특혜를 받았다. 그래서 나는 외할아버지와 함께 식사하였다. 전통 사회에서 부자간의 겸상은 없지만 조손간의 겸상은 허락되었고 손자가 귀여워 식사 때마다 거들어준 것이다. 요즘 항간에 떠도는 밥상머리 교육이라는 개념이 우리 전통 사회에는 없었다. 밥 먹을 때 교육하는 것은 동물에게나 있는 일이었다. 밥 먹을 때는 편하게 따뜻하게 먹을 수 있도록 하였다. 그런데 할아버지 밥상에 다른 가족의 밥상과 다른 점이 있었으니 바로 육회 한 접시이다. 비싼 육회를 다른 가족들은 엄두도 낼 수 없었다. 식사 때마다 할아버지는 놋그릇 밥뚜

껑에 소주를 부어 한 잔 마시고 육회 한 점 드시면서 식사하셨다. 그러다가 "너도 한 점 먹어라" 하며 손자인 내 숟가락에 육회를 올려주셨다. 집안 누구도 먹지 못하는 육회를 장손인 나만 먹는 특권을 누렸다. 그래서 그런지 이후에도 나는 육회만 보면 특별한 감회를 느끼고 즐겨 먹게 되었다.

외할아버지는 내가 대학교에 입학할 때와 졸업할 때 두루마기 한복을 입고 상경해 축하해주셨다. 하얀 수염을 길게 늘어뜨린 전형적인 옛 선비의 모습이었다. 한학의 대가인 할아버지는 순창군 일원에서는 명필로 유명했고, 동네 사람들은 집안 대소사에 할아버지께 글을 받기 위하여 줄서서 찾아왔다. 특히 동네 장례 때 사용하는 만장輓章이나 명정銘旌은 거의 외할아버지의 작품이었다. 손자인 나와 내 동생 상인을 위해서도 손자들이 잘되기를 바라는 간곡한 마음을 담아 따로 '상철상인기린상相哲相仁麒麟像'이라는 글을 써서 보내주셨다. 광주 집에는 아직도 이 글이 벽에 걸려 있다.

나는 초등학교 입학 전까지 외갓집에서 주로 자랐기 때문에 항상 외할머니의 보살핌을 받았다. 외할머니가 밭에 일하러 가면 따라가서 냇가에서 물놀이하였고 외할머니가 따주는 오이나 가지를 먹고 놀았다. 외할머니는 항상 바빴고 부지런하셨다. 그리고 참으로 배려가 깊은 분이었다. 당시 외갓집은 마당이 넓었다. 가끔 새벽에 모르는 사람이 와서 마당을 쓸고 있으면 외할머니는 부엌에서 쌀 한 바가지를 가져와 그 사람에게 주었다. 어느 날은 새벽에 어떤 아주머니가 고추장 단지를 들고 오자 또 아무 말 없이 쌀 한 바가지를 퍼다가 주셨다. 우리 외갓집이 순창에서도 고추장으로 유명한 집인데도 불구하고 필요도 없는 고추장을 들고 온 이에게 무조건 쌀을 퍼다가 주는 할머니 모습이 이상하여 물었다.

"할머니, 고추장을 사시나요?"

"아니야, 쌀이 필요한 사람들이란다."

가난한 이들에게 절실히 필요한 것을 할머니는 지레 아시고, 상대의 마음이 상하지 않도록 나누어주는 배려를 하셨다. 이러한 할머니의 태도를 보면서 상대방의 자존심을 지켜주기 위해서 주는 사람도 받는 사람도 저렇게 섬세하게 처신해야 한다는 것을 깨달았다.

부지런하고 남편 봉양 잘하던 외할머니에게 심각한 문제가 생겼다. 무릎의 퇴행성관절염이 심해져 걷지 못하게 된 것이다. 15년이 넘도록 거동이 불편하여 방 안에서만 살게 되었다. 현대 의학이라면 슬관절 대체술로 얼마든지 회복할 수 있는 질환이지만 1960, 1970년대에는 마땅한 치료 방법이 없었다. 더욱이 그 시절에는 보행 보조기 같은 것도 개발되기 전이라 대책이 없었다. 항상 바쁘게 움직이면서 농사도 짓고 대소사 챙기고 집안을 이끌어온 외할머니가 꼼짝 못 하게 되니 집안 살림을 위해 부득이 외할아버지가 나설 수밖에 없었다. 그러나 외할아버지는 시골 양반으로 사시면서 그동안 논밭에 한 번도 나가보지 않았으니 우선 어디에 무엇이 있는지도 모르셨다. 그런 상황을 지켜봐야만 하는 할머니의 마음은 얼마나 답답하고 속이 탔을까, 상상만 해도 아찔하다. 외할머니가 편찮으실 때는 나 역시 아무리 바쁘더라도 매년 서너 번은 반드시 찾아가 문안을 드렸다. 그때마다 나를 바라보던 외할머니의 눈길을 잊을 수가 없다. 외손자가 장성해서 나름대로 서울에서 활약하고 있는데도 불구하고 항상 안타까운 듯 쳐다보시던 모습이 지금도 선하게 떠오른다. 이제 아흔이 넘은 어머니는 지금도 돌아가신 외할머니의 음식 솜씨를 자랑하시곤 한다. 고추장 담그는 것이며, 김장 김치며, 반찬들을 만드는 것은 모두 외할머니가 하던 대로 흉내 낼 뿐이라며 어머니는 가슴이 멘다고 하신다.

장수 집안 내력

외할아버지의 8대조는 우리나라 회화사繪畵史의 거목이신 표암豹菴 강세황 님이다. 표암 할아버지는 내게는 외가로 10대조가 되는 분이다. 우리나라 회화사의 전설일 뿐 아니라 장수 집안의 대표라는 점에서 특별하다. 《조선왕조실록》에 보면 종2품 이상의 대신으로 일흔이 넘은 분들을 기로소耆老所에 모셨는데 3대가 연이어 기로소에 들어간 집안은 500년 역사에 극히 드물었다. 그중 한 집안이 외가인 진주 강씨 집안이었다. 표암 할아버지의 조부 강백년 님, 부친 강현 님 그리고 표암 강세황 님까지 3대가 연이어 기로소에 들어갔다는 기록이 있다. 따라서 추사 김정희가 쓴 '삼세기영지가三世耆英之家'라는 편액을 집안에서 받았다. 그 후대부터는 천주교 박해를 피해 강진으로 그리고 화순으로 옮겨 가 살다가 외할아버지의 윗대에 순창에 자리 잡았다고 했다. 그래서 그런지 어머니 형제들은 모두 여든이 넘었음에도 지금껏 건강하고 한 분도 세상을 떠난 분이 없다.

또한 예부터 장수 집안이라고 불리려면 '위 4대 아래 4대 집안'이어야 했다. 즉 태어나서 4대조인 증조할아버지나 증조할머니를 봐야 하고, 죽기 전에 증손자를 보는 전통이 대대로 이어지면 그 집안을 장수 집안이라고 불렀다. 우리 외가도 그런 셈이었다. 나도 태어나서 증조할머니를 뵈었고 외할머니도 증손녀를 보고 돌아가셨으며 나의 아버지 어머니 모두 증손자를 보았기 때문이다. 어느 날 어머니와 외갓집 이야기를 나누다 보니 표암 할아버지 이야기가 나왔다. 어머니가 어른들한테 들었다며 표암 할아버지에 대해 집안에 전해오는 이야기가 "천재였고 못한 것이 없는 다재다능하신 분이셨다"고 하였다.

전쟁과
인고의 삶

어머니 옆에 앉아서 이런저런 이야기를 듣다가 한국전쟁 때 이야기를 해달라고 하면 어머니 눈에 저절로 눈물이 맺혔다. 너무도 힘들고 괴로웠던 나날이었다. 전쟁이 나자 어머니는 돌쟁이인 나를 등에 업고 백리길을 걸어서 순창까지 갔다. 소식을 들은 외할머니가 백산리까지 마중 나와 나를 받아 들려고 했는데 내가 하도 울어대서 그대로 업고 갔다고 한다. 남한으로 진주한 북한군은 지역마다 공산당 체제를 갖추도록 촉구하였다. 순창군에 진입한 공산당은 외조부님을 허수아비 군당 위원장으로 내세웠다. 일제 시절 지역에서 개인의 이익을 추구하지 않고 오로지 주민들의 애로사항을 해결하기 위해 헌신하셨던 외조부의 덕망을 역으로 이용하였다. 그러나 얼마 가지 않아 국군이 들어오면서 외조부님은 바로 구금되어 처형을 기다리는 처지가 되어버렸다. 그때 순창 군민들이 이구동성으로 나서서 외조부가 자의로 군당 위원장으로 부역한 게 아님을 주장하고 1만 명이 넘게 서명한 만인소萬人疏라는 탄원서를 제출했다고 들었다. 그래서 결국은 방면되셨지만 그동안 온갖 수모를 겪었고 외조모님은 외조부 구명을 위하여 재산을 거의 탕진하게 되었다. 이 와중에 우리 가족들도 모두 구치소에 끌려갔다. 그때 어머니와 함께 돌이 막 지난 나도 구치소에 갇혔다고 했다. 그러나 구치소에서 내가 아무것도 먹지 못하고 계속 토하고 설사를 심하게 하자 부득이 나와 어머니를 우선 풀어주었다고 들었다. 집으로 돌아온 나는 외할머니의 정성 어린 돌봄으로 회복하였는데 그때 다른 어떤 음식도 먹지 않았고, 오직 소 위의 양을 갈아서 쑤어준 미음만을 먹었다고 한다. 그래서 그런지 지금도 내가 좋아하는 소울 푸드 중에는 소 양이 들어 있는 내장탕이 있다. 양으로 국을 끓이거나 구이를 하면 이상하게도 친근감을 느낀다. 입맛이 삶의 과정을 통해 깊숙이 몸속에 새겨진 것이다.

친할아버지 박봉언 님은 장흥에서 광주로 올라와 충장로5가에 '장광상회'라는 지물포를 열어 가계를 일구고 자수성가하셨다. 그러나 할아버지는 첫 손자인 나의 백일을 지내고 바로 작고하셨기에 나에게는 친할아버지에 대한 추억이 없다. 갓 시집온 어머니는 시아버지 병 수발을 들면서 혼자 장사를 이어받게 되었다. 그러나 젊은 여인이 장사하다 보니 물자 수급도 어렵고 돈을 떼이기도 하여 결국 그만두었다. 해방 후 아버지는 젊은 나이에 친구들에 휩쓸려 한동안 대외 활동이 자유롭지 못하여서 일상생활이 매우 어려웠다. 몇 해가 지나 오해가 풀리고 문제가 완전히 해결되어 아버지도 정상적인 사회생활을 할 수 있게 되었지만 이러한 사건들은 아버지에게 매우 큰 상처를 남겼다. 그래서였는지 아버지는 자식들에게 정치권과는 절대로 인연을 맺지 말도록 당부하였다. 대학 진학할 때도 문과계를 가지 말고 반드시 이과계로 가야 한다고 간곡히 부탁하셨다. 그래서 결국 우리 4형제는 모두 이과계인 의대, 공대, 간호대, 농대로 진학하였다. 해방 전후와 한국전쟁 전후로 벌어진 정치적 갈등과 혼돈 속에서 고초를 겪은 것은 우리 집도 예외가 아니었다.

❦ ❦ ❦

어느 날 광주에 들렀을 때 어머니께서 조정래 작가가 쓴 《태백산맥》한 질을 주면서 "너도 읽어봐라. 우리 집안 이야기가 그대로 나왔구나"라고 권하였다. 당시 정신없이 바쁘게 지내던 시절이라 대하소설을 읽는다는 것은 엄두도 못 내었다. 그러나 작은아버지가 자신의 부대를 토벌하는데 관여해야 했고 결국 군을 떠나 경찰서장이 되었지만 전사했다는 가슴 아픈 이야기며, 친척 중에서 부역과 관련된 과거사 이야기를 어렴풋이나마 듣고 있었기에 언젠가 틈이 나면 읽으려고 책을 받아 들고 왔지만 좀체 짬이 나지 않았다. 그런데 몇 해 뒤 일본에서 개최하는 학회가 있어 오가는 길에 공항이나 호텔에서 대기 중 잠깐 읽으려고 1권부터 3권까지 세 권을 들고 나섰다. 그런데 김포공항 대합실에서 읽기 시작하자마자 빠져들었고, 일본에 가서도 이틀 동안 틈만 나면 정신없이 책을 읽었다. 나머지 일곱 권을 모두 가지고 오지 않은 것을 후회했다. 우리 집안의 이야기를 그대로 옮겨놓은 것처럼 실감 나는 내용이었다. 어렴풋이 들었던 한국전쟁과 관련된 아픈 가족사를 생생하게 되새길 수 있었다. 어머니가 꼭 읽어보라고 하신 이유를 비로소 깨달았다. 사람으로 빚어진 혼돈의 와중에서 사람이 살아남는다는 것이 얼마나 어렵고 심각한 일인가, 그리고 가족을 지키는 것이 얼마나 엄중한가를 느끼지 않을 수 없었다. 새삼 사람에게 생존의 의미가 얼마나 소중한가 되새기게 되었다.

두 판 잡고 살자

한국전쟁 이후 가게도 접게 되어 형편이 극도로 나빠졌다고 했다. 당시 20대였던 어머니가 가족의 생계를 책임져야 했다. 생활이 너무도 어려워 몇 번이나 죽을 생각을 하셨다고 해서 자식인 우리들은 깜짝 놀랐다. 아무것도 모르고 나름대로 편하게 살아온 우리는 어머니에게 그런 처참한 과거가 있었으리라고는 상상해보지 못했기 때문이다.

"그때 나는 막내 업고 경양방죽 가서 죽어버리려고 했다."

"왜요?"

"세상살이가 너무 힘들었다."

"아니, 그럼 왜 막내만 데리고 가려고 했어요?"

"막내가 젖먹이라 살지 못할 것 같아서 같이 죽어버릴까 했다."

그래서 그 후 어떻게 결심을 바꾸었는지 물었다.

"그런데 경양방죽 갔더니 물이 너무 더러워서 그냥 돌아와버렸다."

지금은 사라져버린 저수지의 더러운 물이 결국 어머니를 살린 셈이다. 방죽의 더러움이 우리 어머니와 집안을 구했다니 세상에 무엇을 감사해야 할지 모를 일이다. 이후 어머니는 작심하고 가난을 극복하기 위해 생활 전선에 적극 뛰어들었다. 미용사 자격을 취득하여 미장원에서 일하기도 했고, 편물을 배워서 충장로에 편물점을 열기도 했다. 내가 고등학교 다니던 시절에는 양동시장에 '인성상회'라는 메리야스점을 냈고 성공적으로 가게를 운영하여 이후 우리 4남매 모두를 대학에 보낼 수 있었다. '인성상회'라는 가게명은 막냇동생의 이름이었고 어머니가 죽으려고 했을 때 업고 함께 가려던 막내딸의 이름이었다. 이런 가게 이름을 보면서 어머니의 각오가 어떤 것이었을까 생각해볼 수 있었다.

세상일은 호사다마好事多魔라고 하였듯 비교적 안정되어가던 우리 집안에 큰 문제가 또 발생했다. 광주 양동시장에 있는 제사製絲 공장에 화재가 발생했는데 그 불이 번져 우리 가게까지 화마에 휩쓸려 재가 되어버린 것이다. 정말 엄청난 충격이었다. 온 가족이 맥이 빠지고 처져 있을 때 어머니가 선언하였다.

"두 판 잡고 살자."

한 가지가 안 되면 다른 방도를 찾아서 넘어서자는 선언이었다. 바로 생명의 진리인 이것이냐 저것이냐를 선택해야만 한다는 상황전환Trade Off 이론을 이미 섭렵하였고, 동양 사상의 핵심인 《역경易經》의 '궁즉변 변즉통窮即變 變即通'의 원리를 선험적으로 숙달한 어머니에게 '인생에 포기는 없다'는 각오였다. 어머니의 이런 결단이 자식 4남매가 모두 온전하게 자라서 사회적 활동을 소신껏 할 수 있게 해준 동력이 되었다.

6장
아버지와 어머니의 인연

핀치히터로
홈런 친 어머니

아버지는 호주豪酒셨다. 어렸을 때는 잘 몰랐지만 나이가 들고 보니 아버지 음주 정도가 과하여서 의학도인 자식의 입장에서 걱정이 태산이었다. 그래서 아버지께 약주 줄이길 강권해봤지만 마이동풍이었다. 그럴 때면 아버지는 "자식 의과대학 보냈더니 애비 술 한잔 사줄 생각 안 하고 술 먹지 못하게만 하네"라며 농반진반의 말씀을 하셨다. 그러다가 가끔 술기운이 거나하게 돌면 자식인 나와도 한잔 나누자며 이런저런 이야기들을 들려주셨다. 그래서 아버지와의 술자리는 아들인 나에게는 큰 즐거움이었다. 내가 몰랐던 많은 이야기들을 재미있게 들려주셨다. 지난 시절의 사람들, 무등산, 광주, 전라도 그리고 전설 야사 등 다양한 주제에 대하여 다른 데서는 듣고 싶어도 들을 수 없는 흥미로운 토속적 이야기를 많이 들려주어서 아버지와의 반주는 내게는 새로운 세상을 알게 되는 시간이었다.

그러던 어느 날, 그날도 거나하게 술에 취하신 아버지께서 "네 어미와 어떻게 만났는지 아느냐?" 하시며 두 분의 혼사 경위를 설명해주었다. 〈세상에 이런 일이〉라는 TV 프로그램에나 나올 법한 사건이 아닐 수 없었다.

1948년 1월 하순 아버지와 할아버지 그리고 당숙님까지 세 분이 당시 광주 시내에 단 두 대밖에 없던 택시 중 한 대를 대절하여 아버지와 혼담이 오가는 규수를 찾아 전라북도 순창으로 맞선을 보러 갔다. 그런데 하필 그날 맞선 보기로 약속된 상대방 규수가 몸살을 앓아 맞선 자리에 나올 수 없게 되었다. 일이 이상하게 꼬이자 당황한 중매인이 수소문하여 당시 전주여고 졸업반으로 방학이라 집에 와 있던 규수를 찾아내어 대타로 맞선 자리를 마련하였다. 그 규수는 부친(나중 나의 외조부)과 엉겁결에 나왔다. 그런데 바로 그 자리에서 양가 모두 결혼시키기로 전격적인 합의가 이루어졌다. 당시 규수 나이 19세이기 때문에 해를 넘기지 말기로 의견이 일치되었다. 쇠뿔도 단김에 빼자는 격으로 이왕 정하였으면 바로 결혼식을 서두르자고 양가 어른들이 결정하여 바로 일주일 뒤인 1월 30일(음력 12월 20일) 순창 신부 집에서 결혼식을 하기로 하였다. 나중에 어머니에게 왜 그렇게 두 분 결혼을 서두르셨냐고 여쭈었더니 당시 친할아버지의 건강 상태가 좋지 않아서 서둘렀다고 하셨다. 그래도 맞선을 보자마자 일주일 만에 결혼식을 올렸다는 사실은 놀라운 사건이 아닐 수 없었다.

결혼을 약속하고 혼례를 바로 치르기로 했는데 엉뚱한 문제가 발생했다. 광주로 돌아와서 결혼 청첩장을 찍으려다가 신부의 이름을 받아 오지 않은 것을 뒤늦게 안 것이다. 중매인도 대타로 등장한 어머니에 대해서는 당황한 나머지 이름마저도 받아두지 않았다. 당시 일반 가정에는 전화기도 없었기에 신부의 이름을 알아낼 길이 막막했다. 단순히 이름 하나 알려고 순창까지 일부러 다녀오기란 보통 일이 아니었다. 적어도 이틀은 걸릴 터였다. 일주일로 임박한 결혼식의 청첩장을 돌리기 위해서는 하루하루가 촉박했다. 할아버지는 할 수 없이 어머니 이름을 작명하여 청첩장을 인쇄했다. 어머니 이름을 마음이 잘 어울려야 한다는 의미의 '어울릴 화'와 '마음 심'을 합친 화심和心으로 정했다. 할아버지의 간곡한 마음을 실어 지은 어머니의 임시 이름이었다.

이렇게 만들어 보냈던 복잡한 사연의 결혼식 청첩장을 아버지와 어머니는 안방 경대에 걸어놓고 70년을 사셨다. 그런 사연이 있는 줄도 모르고 자식인 나는 안방 경대에 붙어 있는 청첩장 종이를 단 한 번도 눈여겨본 적이 없었다. 아버지로부터 그런 사연을 듣고 나서야 비로소 다시 보니 심지어 외할아버지 함자도 오타가 있었고 어머니 이름이 분명히 틀리게 적혀 있었다. 외조부 함자는 강태현姜泰鉉 님이신데 강태련姜泰連 씨로, 어머니 함자는 강영례姜永禮 님이신데 강화심姜和心으로 잘못 기재되어 있었다. 중매인도 원래 맞선 보기로 한 집안이 아니어서 할아버지 함자를 정확히 몰랐고 들은 대로 전달해주었을 뿐이었다. 아버지와 어머니의 해묵은 결혼 청첩장은 외할아버지와 어머니의 존함이 틀렸을 뿐 아니라 한문 일색으로 되어 있었다. 청첩장에는 혼례식을 순창 외갓집에서 올린 후 다음 날 광주 본가에서 다시 혼례연을 한다는 공식 통보가 실려 있었다. 지금과는 매우 다른 결혼식 풍습을 볼 수 있어서 흥미롭다.

이따금 술 한잔 걸친 날은 아버지가 한마디씩 툭 던지곤 했다.

"네 어미 이름도 모르고 결혼했어도 이렇게 잘 살고 있지 않느냐!"

그러다가 술을 거나하게 드시고 기분이 좋은 날에는 이렇게도 말하셨다.

"네 어미는 핀치히터로 나와서 홈런 쳤다!"

그랬다. 아버지와 어머니의 만남이 바로 천우신조天佑神助였고 두 분은 천생배필天生配匹이셨다. 어머니는 정녕 대타로 나와서 대박을 친 홈런 타자가 된 것이다. 그래서 우리 형제들이 태어났고 집안이 이루어졌다. 사람과 사람의 만남이 이렇게 신비로울까? 역사는 이렇게 이루어지는가? 운명이란 있는 것인가? 여러 가지를 되새기게 하였다. 만일 처음 맞선을 보기로 했던 규수가 하필 당일 아프지 않았더라면 아버지와 어머니는 만나지 못했을 테고 나와 내 형제들도 모두 태어나지 못했을 것임은 자명하다. 그러나 운명은 그렇지 않았다. 운명이 만든 인연을 피할 방법이 없지만, 인연이란 의미에서 본다면 사람의 만남에서 사전에 서로를 알아봐야 얼마나 알 것이며 또 알면 뭐 할 것인가 의문을 가지지 않을 수 없다. 내 아버지와 어머니의 삶을 보면서 만남도 중요하지만 더 중요한 것은 만남 이후 서로의 노력과 사랑이라는 생각이 들었다. 그렇게 만나서 아버지 어머니는 자식 4남매를 낳고 잘 키워내셨다. 그리고 두 분은 꼭 70년을 함께 도란도란 사셨다.

어머니의
마지막 바람

광주에 내려온 지 여섯 해가 지났다. 일흔 살이 되면서 와서 일흔다섯 살을 넘기게 되었다. 아흔 살이던 어머니는 이제 아흔다섯 살을 넘기셨다. 그동안 어머니는 열다섯 개의 임플란트와 대동맥판막 교체라는 의료적인 대공사로 우여곡절을 겪으면서도 건강을 되찾으셨고 일상생활도 상당 부분 개선되었다. 그런데 올해 들어서부터 갑자기 신체의 여러 기능들이 저하되고 기력이 떨어진 듯하여 안타깝기만 하다. 원래 약하던 피부는 조그만 자극에도 크게 덧나고 그렇게 총총하셨던 기억력도 많이 떨어졌다. 근력이 약해지니 일상생활에서 움직임도 서툴고 느려지게 되었다. 걸음걸이가 느리다 보니 특히 화장실 가는 데 시간이 걸려 실수를 하시기도 하는데 그런 날에는 크게 좌절하신다. 이런 불편한 날이 계속되면서 어머니의 심기도 심란해지게 되었다. 그러던 어느 날 아침 식사 도중에 갑자기 어머니가 충격적인 말씀을 하셨다.

"나 이제 니 애비 곁으로 갈란다. 이번 니 애비 제삿날까지만 살란다. 이것이 내 마지막 바람이다."

깜짝 놀라서 어머니께 왜 그러시냐고 묻자 또 담담하게 말씀하셨다.

"나 살 만큼 살았어."

그래도 무슨 말이냐며 어머니에게 2년 뒤면 아버지 탄생 100주년이 되어 가족 행사를 할 테니 적어도 그때까지는 기다려야 한다고 어머니를 달래보았다. 그러나 어머니는 아랑곳하지 않고 숙연하게 말씀하셨다.

"그런 소리 마라. 갈 사람 가야 해야."

그동안 백세인들을 많이 만나면서 그분들의 죽음에 대한 의연함, 삶에 대한 초월적인 태도를 보고 인생에 대해 많은 생각을 했는데 막상 어머니의 죽음에 대한 태도를 보게 되니 더욱 가슴이 절절해질 수밖에 없었다.

7장

아버지의 삶

꿈

아버지는 유별난 분이었다. 당신과 관계된 혹은 인연을 맺
게 된 사람, 땅, 역사, 문화, 일 모두를 사랑하셨다. 어느 하
나 소홀하게 넘어가지 않고 심심한 관심을 기울였다. 젊어
서 만났든, 나이가 드신 다음 만났든 당신이 만난 모든 이
들을 기억하고 그분들에 얽힌 여러 가지 사연들까지 모두
기억하고 계셨다. 땅에 대해서도 마찬가지였다. 당신이 태
어난 광주의 모든 사건, 장소, 사람들을 기억하고 원고향인
장흥이며 친척들이 살고 있는 보성, 강진, 해남, 순창을 다
니며, 그곳들에 얽힌 풍습, 전설, 음식, 물산, 어느 것 하나
빠짐없이 챙기셨다. 그래서 그런 땅에 사는 사람들도 사랑
했고 그 역사, 문화까지 모두 챙기면서 보다 더 나은 세상,

보다 더 좋은 곳으로 발전하기를 간절히 희구하였다. 아버지는 청소년에 희망을 두었고 대동大同 세상의 어울림에 꿈을 두셨다.

내가 기억하는 아버지의 첫 번째 이미지는 보이스카우트 대장 옷을 입은 모습이다. 한국전쟁이라는 처참한 동족상잔의 격동기를 거치면서 아버지는 우리의 미래가 청소년에 있다고 생각하셨다. 군을 떠나 경찰로 일하던 작은아버지가 전사하셨을 때 약간의 전사 위로금이 나왔다. 아버지는 그 위로금을 헛되이 쓸 수 없다고 생각하셔서 전액 대한소년단 전남연맹(현 보이스카우트)에 기부하고 아이들을 위해 사용하도록 했다. 당신 스스로도 보이스카우트 대장이 되어 봉사 활동에 참여하였다. 나중에는 효성청소년문화재단을 창립하여 지금도 청소년을 지원하는 목적 사업을 지속하게 하고 있다. 아버지는 보이스카우트 운동에 지속적으로 헌신하여 전남연맹 커미셔너를 하였고 보이스카우트 무궁화장을 수훈하였다. 이러한 과정에서 김학준 님과 의형제를 맺어 두 분의 합심으로 빛나는 결실을 맺었다. 한편 사회가 안정화되면서 많은 변화가 초래될 즈음 새로 시작된 청년운동으로 청년 사업가들을 후원하고 격려하는 청년회의소 전남지부를 창설하여 젊은 사업가들을 격려하기 위해 노력하셨다. 항상 아버지는 '우리의 미래는 청소년이다'라는 신념을 가지고 계셨고 이를 위하여 당신이 할 수 있는 일들은 모두 직접 해야만 직성이 풀렸다.

❧ ❧ ❧

아버지가 산에 대하여 특별한 관심을 가진 것은 무등산 때문이었다. 태어나서부터 바라본 무등산을 틈만 나면 올라갔고 그 속에서 고향을 느끼고 호연지기를 가지셨다. 그러나 아버지의 본격적인 무등산 사랑은 한국전쟁 이후 시작되었다. 산을 오르다가 마구잡이식 벌목과 쓰레기로 황폐해진 산을 마주하고 무등산을 보호해야겠다고 결심하셨다. 그래서 뜻을 같이하는 광주 사람들을 모아 무등산악회를 조직하였다. 이를 통하여 무등산의 남벌을 막고 산불을 방지하고 무등산 속의 유적 유물 하나하나를 챙기고 보살피기 시작했다. 무등산악회는 이후 한국산악연맹의 전남산악회로 진화하였고 광주 전남의 많은 젊은이들이 세계

오지를 탐험하고 에베레스트산을 등정할 수 있게 하는 기반과 원동력을 마련하였다. 이러한 아버지의 산 사랑은 타의가 아닌 전적으로 충심의 사랑에서 우러난 일이었기에 다른 분들의 칭송을 받았다. 그러한 공로로 아버지는 대한산악회에서 수여하는 산악대상을 받았고 한국의 산악인 50걸에 선정되기도 하였다. 나아가 5·18 광주민주화운동 이후로 어수선한 광주 사회에 무등산보호단체협의회라는 조직을 구성하여 광주 사회의 여론을 수렴하고 문제를 해결하기 위한 노력에도 앞장섰다. 무등산이라는 공통점을 통하여 갈등을 해결하고 화합과 상생을 도모하려는 시도였다.

그리고 《무등산》이라는 책을 저술하면서 무등산에 대한 알파와 오메가를 수록하고자 노력하셨다. 마침내 당신이 수십 년간 수집한 자료를 정리하여 《무등산: 유래, 전설, 경관》이라는 제하의 책을 발행하였다. 이 책은 이후 개정에 개정을 거듭하여 40년 동안 8판에 이르렀고, 광주 사람들에게는 따뜻한 고향을 그리는 원동력이 되었다. 그 후 무등산이 국립공원으로 승격한다고 보도되던 날 아침에 아버지께서 흥분한 목소리로 나에게 전화를 주셨다.

"무등산이 국립공원이 되었는데 모르느냐?"

고향 떠나 살며 고향에서 일어난 일들에 대해 무심한 아들을 질책하면서도 당신의 기쁨을 공유하고 싶어 하셨다. 사랑하는 무등산이 국가가 인정하는 국립공원으로 승격한 것이 아버지에게는 최고의 기쁨이었고 가장 행복한 순간이 되었다. 고교 시절 은사였던 범대순 시인의 〈무등을 바라보며〉라는 시 구절이 절로 떠올랐다.

무등을 바라보며
꿈과 하늘을 꽃처럼 피운
정말로 큰 사람을 바라보며
서석에서 강기슭까지
오로지 푸른빛으로 흐르는 이름을 생각하며

무등을 바라보며
흙을 햇빛과 섞는 비교의
신들린 듯 외치는 주문을 듣노니
'가난하지만
우리는 하늘이고 땅이 아니냐'

아버지는 많은 책을 지으셨다. 그러나 대부분 당신이 속한 기관의 이름으로 발행하셨다. 《광주시사》《전남관광자원》 등등 수많은 책을 편찬하거나 지으셨다. 당신의 이름으로 직접 펴낸 책은 평생 두 권이었으며 그 책들은 모두 광주 사회에 큰 영향을 미쳤다. 《무등산》과 《광주 1백년》이라는 책이다. 《무등산: 유래, 전설, 경관》이라는 제하에 1976년 제1판이 출간되었다. 이 책이 문화공보부 문화재관리국 문화재위원회 심의필 '문재위 가A-1호'라는 허가를 받았다는 사실은 역사적이다. 왜냐하면 이런 부류의 책으로는 대한민국에서 처음 출판 허가된 책이기 때문이다. 평생 무등산을 수백 번 오르내리면서 관련된 자료를 직접 찾고 고증하고 관련 학자들에게 자문을 구하거나 민속자료들을 토착민들에게 일일이 물어서 채집한 역작이었다. 이후 3, 4년에 한 번씩 증보를 거듭하여 8판까지 출간하였다. 특히 《무등산》 초판에는 임진왜란 당시 충의절사였던 제봉 고경명 선생의 무등산 답사기인 〈유서석록遊瑞石錄〉을 번역 수록하여 이후 무등산에 관한 고증과 역사 전설에 관한 심도 깊은 연구를 촉발하는 계기를 이루었다.

다음으로 1994년 초판을 찍은 《광주 1백년》은 세 권으로 구성되어 있다. 개화기 이후 광주의 변화되는 모습을 정치, 경제, 사회, 문화 모든 측면에서 기록하였고 거의 대부분 당신이 직접 보고 듣고 맛보고 어울린 일과 사람들을 상세하게 수록하셨다.《광주 1백년》이라는 책을 준비하면서 아버지는 가끔 나에게 원고를 읽어보도록 시켰다. 처음에는 책의 제목을 아버지가 나고 자란 광주 충장로를 중심으로 당신이 직접 겪은 생생한 역사와 풍물을 정리하려는 의도에서 '충장로사 50년'이라고 잠정 정하였다. 그러나 책 내용이 충장로 밖으로 확대될 수밖에 없어 결국 갑오경장으로 1894년 광주가 전라남도의 도청 소재지로 결정된 것을 기념하기 위해 '광주 1백년'으로 바꾸셨다. 책은 증보판과 개정증보판까지 출간하면서 시민들이 광주를 알게 하는 서적이 되었고 이후 '광주학'이라는 지역의 학통을 새롭게 만드는 계기를 이루었다. 이들 책자 출판을 축하하는 기념회에 다양한 계층의 사람들이 수없이 참석해 축하하는 모습을 보면서 아버지의 노력이 인정받는 것 같아 자랑스러웠다. 아버지는 이 두 권에 대한 지적재산권을 2012년 광주문화재단에 기증해 누구든 편리하게 책을 볼 수 있도록 하였다. 더욱이 무등산이 국립공원으로 지정되는 데 아버지의 《무등산》 책자가 기폭제가 되었고 수많은 사람들의 관심을 끌어냈다. 그래서 이후로 아버지는 바로 '살아 있는 무등산', '인간 무등산'으로 불릴 만큼 주위 사람들에게 큰 영향을 미쳤다. 이러한 연유로 광주문화재단이 '혜운 박선홍 광주학술상'을 제정했는데, 아버지의 이름으로 광주 전남의 역사와 문화 발전에 기여한 분들을 격려할 수 있게 되어 가족으로서 그저 감사할 따름이다.

❁ ❁ ❁

아버지께서 생전에 저술한 두 권의 책은 광주광역시와 무등산의 문화와 전통과 역사를 세상에 알린 결정적인 계기가 되었다. 이 두 권의 책이 특별한 이유는 광주와 무등산을 사랑하는 모든 사람들에게 횃불이 되었고 안내서가 되었기 때문이다. 그중에서도 특별한 사건은 일제하 광주에서 태어났지만 해방 후 일본으로 귀환해야 했던 일본인들에게 일어난 일이다. 고향 광주를 그리워하는 모임을 만들어 활동하던 이들은 아버지가 출간한 두 권의 책 소식을 듣고 앞장서서 일본어로 번역 출간하여 서로 나누어 가졌다.

그분들의 연락을 받고 아버지는 고향을 그리는 사람들의 간절한 마음을 일부라도 달래주어 보람을 느꼈다며 좋아하셨다. 《광주 1백년》의 일본어 번역은 히로시게라는 분이, 《무등산》의 일본어 번역은 스가하라라는 분이 맡았다. 두 분 모두 광주에서 태어나서 살다가 해방 후 일본으로 돌아갔으나 고향인 광주를 그리워하여 가끔 남몰래 찾아왔다고 했다. 아버지의 《무등산》과 《광주 1백년》이 발간된 것을 알고는 아버지에게 연락해 자비를 들여 직접 번역하여 일본에서 출간하였다. 해마다 여름이면 두 분은 고향 광주를 찾아와 연배가 비슷한 아버지와 소주잔을 나누며 당신들이 살던 시절의 광주를 회상하고 이런저런 옛이야기를 나누는 것을 커다란 낙으로 삼았다. 아버지가 돌아가신 다음 해 찾아온 이분들은 아버지 소천 소식을 비로소 듣고 큰 충격을 받았다고 했다. 아버지와 즐겨 찾던 이학설렁탕집에서 눈물을 흘리면서 아버지의 소천을 애도하였다고 가게 사장님이 나중에 들려주었다. 두 분의 마음을 생각하며 나도 가슴이 메었다. 이 또한 디아스포라diaspora가 아닐 수 없다. 고향을 떠나 방황하며 살아야 하는 유대인들과 마찬가지로 이들은 정치적 상황으로 자신의 고향을 떠나야 했고 그 슬픔을 고향 방문으로 해소하려고 노력해온 것이다.

고향 광주와 진산인 무등산을 그리던 사람들의 심금을 울린 《무등산》 초판의 종장에 실은 무등산 찬가를 옮겨 본다.

무등산

이수향

언제 보아도 덕스럽고 인자하신 어머님 같은 산
침묵하면서도 오직 인고로써 포용으로써
청청 푸른 젊음을 간직한 채 불의와 사악 앞에
굴하지 않으며 안으로 안으로 웅어림을 삼킨
그러나 언젠가는 노하여 한 번쯤 불 닿아 터질 듯도 한 산

무등산은 정작 그러한 산이다
그대 품 안에서 눈을 감으면 따스한 손으로 찬 이마를
짚어주고 텅 빈 두 손을 감아준다
권태와 초조로 인파 속을 헤매며 통곡이라도 하고 싶
을 때

모두 그대를 찾아가보아라

중생을 제도하시던 임의 숨결 느끼리라

먹구름이 덮인 눈을 해맑게 뜨게 하는 바람과 물소리—

저절로 감복하는 신묘한 조화를 누구나 느끼리라

이 영험한 대자연 속에서 억겁이 흘렀고, 또한

이 찰나도 번득이건만

너와 나의 생명은 다만 이 숭고한 산 앞에

먼지 한 점처럼 머물고 있을 뿐이 아닌가?

많은 고승과 시인, 묵객墨客, 그리고 수많은 의혈지사義

血之士와

범인凡人, 초동樵童에 이르기까지 구름처럼 모였다 흩어

지며

발자국을 여기에 남긴 것이다

춘하추동 그 빛깔이 달리 뵈어도 아름다움은 한결같고

세상은 천태만상으로 변하여도, 동이 트면

여기에서 태양은 다름없이 솟아오른다

엄하면서도 정다운 산

내 지극한 소망은 이것이니……

낙명落命의 순간까지 그대 사랑을 노래하리라

경성제대 출신 디아스포라

- -

미묘한 한일 관계는 여기저기에 상처를 남겼다. 내가
서울대학교 의과대학 학생 담당 부학장이던 1995년
의 일이다. 대학의 동창회 관련 일은 학생부학장 소
관이기 때문에 동창회와 긴밀한 관계를 맺고 있던
시절이었다. 그때 교토에 있는 경성제국대학 의학부
및 경성의학전문학교 동창회 총무라는 분이 찾아왔
다. 당시 이미 여든이 넘은 분이었다. 찾아온 요지는
일본인으로 경성제대 의학부와 경성의전을 졸업한
분들을 서울대학교 의과대학 동창회에서 동창으로
받아달라는 부탁이었다. 한일 병합 이후 경성제대가
생기고 경성의전이 생겼지만 해방 후 대한민국의 이
름으로 국립서울대학교로 다시 설립되었다. 따라서
서울대학교 의과대학도 비록 경성제대 의학부와 경
성의전을 바탕으로 설립되었지만 일제의 잔재를 벗

어나 구별해야 한다는 논리가 발동하였다. 그래서 당시 경성제대 의학부와 경성의전을 졸업한 일본인들은 서울대학교 의과대학의 동창으로 인정하지 않았고 다만 한국인들은 준동창으로 동창회 명부에 수록하였을 뿐이었다. 멀리서 일부러 찾아온 여든 넘은 경성제대 의학부 일본 동창회 총무는 자기들을 서울대 의대의 동창으로 받아달라고 간곡하게 부탁하였다. 그러한 부탁을 무시할 수 없어 동창회에 공식 의제로 제안했지만 결국 기각되었다. 국립서울대학교로서의 위상을 갖추어야 한다는 논지가 주도하였다. 그러나 막상 당시 경성의전이나 경성제대 의학부를 졸업한 개개인 일본인들이 모교를 잃어야 한다는 엄연한 현실은 안타깝기 그지없었다. 이 역시 역사적 정치적 상황에 의한 디아스포라가 아닐 수 없다.

사람 사랑,
고향 사랑

아버지의 활동 무대는 매우 넓었다. 처음 광주시청 직원으로 시작했다가 광주상공회의소에 입사하여 말단 직원에서 과장, 국장을 거쳐 상근 부회장까지 평생을 근무하셨다. 그러는 과정에서 무등산악회를 조직하고 전남산악연맹을 만드셨으며, 민학회를 구성하여 일반인부터 전문가까지 다양한 사람들이 지역의 민속과 전설, 문화를 나누도록 했다. 나아가서는 지역사회의 여러 단체들을 모아서 무등산보호단체협의회를 결성하여 무등산을 지키고 지역사회 발전을 추구하였다. 그리고 차를 좋아하는 사람들의 모임인 요차회樂茶會, 젊은 기업인들을 위한 청년회의소, 청소년을 위한 보이스카우트, 청소년적십자 운동 등을 주도했기 때문에 수많은 사람들을 만나고 때때로 늦은 밤에도 이들을 집으로 데려와 약주를 이어가셨다. 그뿐만 아니라 아버지는 출생지인 충장로의 이웃들과도 대대로 관혼상제를 함께 돕는 상조의 모임인 위친계爲親契를 조직하여 수십 년을 이어오셨다. 그러나 나와 동생이 모두 서울에 살다 보니 그 모임에 참여하지 못한다며 아쉬워하셨다.

아버지의 지론은 모든 사람들을 한데 모아 어울리도록 하자는 공생共生과 화생和生이었다. 광주라는 고장이 오랫동안 정치적으로도 많은 시련을 겪은 곳이었기 때문에 아버지의 마음은 항상 안타까움으로 가득했다. 특히 정치적 색채에 따라 예민하게 벌어지는 시민들의 갈등을 봉합하기 위해 아버지가 이끌어온 대동大同의 어울림 운동은 옆에서 지켜보는 이들에게 감동을 주기에 충분했다. 아버지는 어떠한 이유에서든지 사람이 죽으면 꼭 문상을 가서 조의를 표하였다. 그리고 여러 가지 이유로, 특히 정치적 이유로 감옥에 간 지인이 있으면 최선을 다해 뒷바라지를 하셨다. 그래서 아버지의 주변에는 항상 사람들이 많았고 아버지가 주관하는 행사나 아버지에 관련된 행사에는 많은 사람들이 모여들었다. 아버지의 사전에는 좌우나 보수 진보가 없었다. 오로지 사람이 있었을 뿐이다. 더불어 살아야 할 사람들뿐이었다. 아버지가 수많은 모임을 만들고 이어가는 동안 어머니는 불평 한번 없이 헌신적으로 지원하였고 아버지 곁을 지키며 거의 모든 활동에 동참하셨다.

✂ ✂ ✂

아버지의 평생직장은 광주상공회의소였다. 일제 시대 때 일본군으로 끌려갔다가 남방으로 파견되기 직전 전쟁이 끝나 구사일생으로 돌아오셔서 먼저 자리 잡은 곳이 광주시청이었다. 그러다가 상공회의소가 설립되면서 옮겨 가 일생을 상공회의소의 직원으로 보내셨다. 말단 직원에서 시작하여 제일 오래 맡았던 자리가 총무과장이었다. 그래서 내 머릿속에 우리 아버지는 만년 총무과장으로 고착되어 있다. 그러나 실제로는 승진해서 사무국장도 하고 상근 부회장도 하시면서 70에 이르기까지 근무하였으니 바로 광주상공회의소의 역사이고 산 증인이었다. 그러한 과정에서 아버지는 당신이 나고 자란 고향 광주를 위하여 헌신하셨다.

광주광역시는 광주시민대상이라는 제도를 만들어서

첫 번째 수상자로 아버지를 선정했다. 광주 지역의 수많은 민간 봉사 단체를 창설하고 시민 모임을 이끌어온 공로를 인정받은 것이다. 그러다 보니 관변 단체도 아버지를 활용하여 민심을 회복하려고 했다. 특히 5·18 광주민주화운동이 일어나고 결국 도청이 함락되었을 때 아버지가 수습 위원장으로 임시 지명되어 사태 처리를 맡게 되었다. 그래서 제일 먼저 최후 참사가 벌어진 도청 지하를 들어갔다가 너무도 큰 충격을 받고 그대로 혼절해버리고 말았다. 그래서 수습 위원장을 포기하였고 대신 홍남순 변호사님이 임명되어 잘 수습하셨다고 한다. 아버지는 이 사건으로 심한 충격을 받았다.

이후 아버지는 말썽이 많았던 지역의 대표 사립 교육 기관인 조선대학교의 관선 이사와 이사장을 맡으면서 대학교의 정상화에 크게 기여하였다. 아버지가 조선대학교의 전문 과정 제1기 졸업생이라는 명분이 동창회를 아우르고 교직원과 학생들을 아우를 수 있는 전기를 가져왔다고 본다. 나중에 조선대학교는 아버지에게 명예 경제학 박사 학위를 수여하여 보답하였다. 아버지는 당신이 시대를 잘못 만나 제대로 공부를 못 했다고 항상 한탄하셨다. 특히 대학교 이사장으로 입학식과 졸업식에 참석할 때마다 당신만 학위 가운을 입을 수 없음을 못내 아쉬워하셨다. 자식들이 모두 학위를 받아 활동하는 것만으로는 만족하지 못하고 항상 미진한 마음을 가졌는데 이제 당신도 박사 가운을 입게 되었다고 어린아이처럼 좋아하셨다. 아버지에게 이러한 기쁨을 준 조선대학교에 가족으로서 충심으로 감사드린다.

아버지는 무등산보호단체협의회를 구성하여 무등산을 중심으로 산을 보호하고 자연 생태를 보호하는 문화운동을 전개하면서 영국의 내셔널 트러스트National Trust 운동을 우리나라에서 최초로 도입하여 주민들에 의한 능동적이고 적극적인 자연보호 운동을 시작하였다.

광주 동구청에서 연례 개최하고 있는 '충장로 축제'의 대회장을 1회 때부터 매번 맡아 지역의 전통을 되살리고 역사를 되새기는 데 앞장서면서 추억의 충장로를 재현한다며 기뻐하셨다.

어렸을 적 생각나는 아버지는 한국전쟁으로 황폐해진 전남의 산업을 회생시키기 위해 불철주야 노력하는 모습이다. 지역 산업 발전을 위해 각고의 노력을 하시면서 많은 분을 만나고 논의하는 모습을 자주 볼 수 있었다. 나아가 전남의 관광산업을 활성화시켜야 한다며 관광을 위한 유적과 문화 역사 자료를 확보하기 위해 애쓰셨다. 역사나 문화 유적 현장에 나갈 때는 가끔 나를 데리고 다니셨고 매번 그 장소에 얽힌 전설이나 인물들의 이야기를 들려주셨다. 그때 아버지가 들려준 이야기들은 이제는 하나같이 보물처럼 소중하기만 하다.

아버지의 이런 활동은 단순한 일의 범주를 벗어나 결국 이런 일들을 축으로 하여 수많은 봉사 단체와 취미 단체를 구성하기에 이르렀다. 그중에서 아버지가 제일 좋아한 모임이 민학회였다. 광주에 사는 모든 이들과 함께 우리의 문화와 역사를 생각하고 느끼고 즐기고자 민학회를 구성하여 매월 한 번씩 문화 역사 현장을 탐방하고 토론을 가졌다. 참여 자격에 제한이 없었기에 교수, 변호사, 의사, 교사, 기자, 작가, 시인, 화가, 춤꾼, 가객, 식당 주인, 이발사, 쌀집 주인, 기업가까지 매우 다양했다. 광주 전남 지역의 누구나 편안하게 참여할 수 있는 모임이었다. 답사 지역에 대해 돌아가며 발표를 해야 했기 때문에 분위기는 상당히 진지했고, 참가자들도 매우 자랑스럽게 여겼다. 나도 가끔 서울에서 내려와 아버지를 따라서 일부러 참가하기도 했다. 어머니도 여러 해 동안 정기적으로 다녔기 때문에 국내의 유명한 유적지나 풍광이 아름다운 지역이라면 가보지 않은 곳이 없을 정도이다. 아버지와 어머니는 여러 단체들과 어울려 해외에도 자주 다니셨다. 일본은 헤아릴 수 없을 정도로 자주 다녔고 중국도 웬만한 유명 관광지는 다 다녀오셨다. 그 밖에도 미국, 베트남, 태국, 말레이시아, 보르네오 등지를 여행하였기 때문에 두 분의 사진으로 가득한 앨범이 여러 권이다.

민학회에 얽힌 가장 특별한 기억은 아버지 회갑 때의 일이다. 우리 형제는 부모님이 편하게 회갑 기념 해외여행을 다녀오시도록 약간의 돈을 준비했다. 그런데 엉뚱하게 아버지는 그 돈을 장흥에 있는 종갓집에 전액 기탁하여 문중의 묘를 선산 한군데로 모두 이장하는 데 쓰도록 했다. 나의 13대조가 장흥으로 낙향하여 일가를 이루었지만 조상들의 묘가 이 산 저 산에 흩어져 있어 시제라도 모시려면 어려움이 컸던 것을 안타깝게 생각하셨던 탓이다. 뜻깊은 일에 쓰셨으니 딱히 할 말은 없었다. 그러나 회갑연을 간소하게라도 해드리려 했는데 아버지는 거절하고 "다음 민학회 답사 때 너희들이 내려와서 인사나 해라" 하며 색다른 제안을 하셨다. 그래서 장성군 황룡면에 소재한 하서河西 김인후 선생을 배향하는 필암서원 답사 모임에 서울에서 음식과 기념 케이크를 장만해 참여해서 민학회 회원들과 아버지 60세 생신을 축하하였다. 그만큼 아버지는 민학회를 다른 어떤 모임보다 살갑게 느꼈다. 민학회는 광주를 찾아오는 방문객들을 안내하고, 청소년들에게 우리 전통을 소개하고 체험하게 하는 청소년 민학당 등을 운영하며 고향의 문화 역사 창달에 기여하였다.

아버지가 민학회와 더불어 자주 어울리는 모임 중 하나가 다도를 즐기는 요차회였다. 젊은 시절부터 의재毅齋 허백련 화백의 화실에 다니면서 무등다원에서 산출한 춘설차春雪茶를 즐기게 되었고 이후 다도를 즐기는 분들과 모임을 만들어 함께 토론하고 차를 즐기셨다. 요차회 회원들은 상당수 민학회와 겹쳤지만 아버지가 주관하는 모든 행사에 참여하여 참가자들에게 따뜻한 전통차와 다과를 제공하며 봉사하던 모습이 인상 깊게 남았다.

멋과 여유

아버지는 지역의 역사와 문화에 대해 해박하셨을 뿐 아니라 유머 감각도 뛰어나서 사람들과 어울리는 자리를 항상 흥미롭게 유도하였고 좌중의 분위기를 따뜻하게 만들었다. 내가 지금도 잊지 못하고 있는 몇 가지만 예를 들더라도 아버지의 여유와 멋을 느끼지 않을 수 없다. 아버지는 자식들에게 이야기할 때도 항상 직접 화법을 쓰지 않고 간접 화법을 사용하였다. 당신이 직접 표현해도 될 일들을 항상 다른 분이 이렇게 말하더라는 식으로 빗대어 표현하셨다. 장성한 자식들이 혹시 불편할까 봐 간접 화법을 활용하는 여유를 두셨다. 그뿐만 아니라 수십 년 동안 아침마다 서울에 있는 두 아들에게 전화를 하시면서 세세한 것까지 물어보는 바람에 자식 입장에서 당황한 일들도 많았다. 하지만 아버지의 그러한 노력이 우리 형제들을 지켜주고 키워주신 것이었다. 돌아가시기 전 마지막 순간까지 여유를 보이던 아버지의 모습을 잊을 수가 없다. 자식들에게 아버지는 특별한 분으로 각인되어 있다.

'주도는 아버지에게 배워야 한다'는 건 사회에 널리 이어져 내려온 전통이다. 아버지로부터 술을 배우면 술로 인한 실수를 하지 않으리라는 기대가 있기 때문이다. 그래도 나의 경우는 특별했다. 대학 입학 후 스무 살이 되는 해, 겨울방학에 광주에 내려가니 아버지께서 나를 부르셨다.

"너도 이제 성인이 됐으니 술도 한잔해야지"

하며 나를 술집으로 데리고 가셨다. 신입생 환영회부터 시작하여 서울에서 새로 만난 친구들과 어울리느라 이미 술을 많이 마셨던 전적이 있었지만, 아버지는 아직 내가 술을 마신다는 사실을 모르고 계셨다. 아니면 짐짓 모르는 척하셨을 것이다. 나는 그때까지 집에서 술을 마신 적이 없었고, 호주로 알려진 아버지가 밖에서 술 드시는 것을 본 적도 없던 차였다.

그런데 아버지의 자식 주도酒道 교육은 상상 밖이었다. 지금까지도 잊을 수 없는 추억이 되었다. 아버지가 어느 정갈한 집으로 나를 데려가 술을 가르쳐주시겠거니 했는데 전혀 아니었다. 아버지는 나를 데리고 당신이 즐겨 다니던 대인동, 금남로, 황금동에 즐비한 술집들을 차례로 돌면서 한 집에서 딱 한 잔씩 마시고 다음 집으로 옮겨 가는 술집 투어 방식의 주도 교육을 하셨다. 그중에는 스탠드바도 있어 내 또래의 종업원들과 농담하며 술을 드시면서 내게도 술을 따르게 하였다.

"내 아들이네."

"워매, 이렇게 큰 아드님이 있다요?"

"서울대학교 댕긴다네."

"아니, 서울대학교에 댕겨요?"

호들갑스럽게 떠드는 종업원들과 편하게 이야기 나누는 아버지 옆에서 나는 민망하기 짝이 없었다. 그런데 한두 집도 아니고 열댓 군데 술집을 거치다 보니 아버지는 이미 만취하였다. 나도 아버지와 같이 주는 대로 다 마셨지만 정신이 바짝 났다. 도저히 취할 수가 없었다. 아버지가 실수하면 안 된다는 걱정이 앞섰다. 그런데도 아버지는 당신이 다니던 술집 순례를 한 바퀴 다 마치고 나서는 마무리 짓자시며 마지막으로 충장로에 있는 정종 대폿집으로 들어갔다. 당시 대폿집은 정종 대포 한 잔 값에 수많은 안주를 한 상 가득 차려놓고 장사하는 실비집이었다. 그래서 또 정종 대포 한 잔을 마시게 되었다. 대포 한 잔 마시고 아버지를 일으켜 집으로 모시려는데 아버지가 나를 붙잡아 앉히고 말씀하였다.

"야, 앉아라."

"아버지, 이미 만취하셨으니 가셔야 해요."

"그런 소리 마라. 대폿집에서 한 잔만 먹고 나가면 주인은 망한다. 석 잔은 마셔줘야 해."

그러고는 추가로 정종 대포 두 잔을 더 시켰다. 안주를 잔뜩 차려놓았는데 대포 한 잔만 마시고 손님이 가버리면 대폿집 타산이 도저히 맞지 않을 것은 당연했다. 그래서 당시 주인과 손님들 간에는 묵시적 합의 사항이 있었다. 적어도 석 잔은 마셔서 손해 보지 않도록 메꿔주자는, 지역 주민들 간의 정情으로 이루어진 밀약이었다. 상대방의 자존심을 건드리지 않고 묵시적으로 서로를 돕고 문제를 해결하자는 상부상조의 약속이었다. 세월이 한참 흐른 다음에야 비로소 나는 상대방을 배려하는 고향 사람들의 따뜻한 인정을 체감할 수 있었다. 여하튼 아버지와의 첫 번째 술자리는 이렇게 이루어졌다. 그날 나는 정신을 바짝 차리고 아버지를 모셔야 했고, 그 덕분인지 이후 술자리에 들어서면 어지간해서는 정신을 잃거나 실수하지 않게 되었다. 주도는 아버지로부터 배워야 한다는 옛말은 틀리지 않았다. 이러한 공식적(?) 주도 교육 이후로 아버지는 자식과 대작하기를 즐기셨다. 아버지와 만나면 어머니는 으레 술상부터 차려야 했다.

약주를 즐기시던 아버지는 술 드실 때면 이런저런 이야기를 많이 들려주셨다. 아버지의 말씀을 들을 때마다 감동하지 않을 수 없었다. 세상일들을 은유적으로 표현하여 의표를 찌르기도 했고, 때로는 절절한 이야기로 가슴을 울렸기 때문이다. 내가 의과대학 학생이던 시절, 아버지와 식사를 하는데 한두 잔 정도가 아니라 거푸 여러 잔을 드시기에 자식 된 입장에서 건강을 걱정하며 술의 도수를 낮추고 횟수도 줄이도록 채근하였다. 그랬더니 아버지는 놀랍고 기발한 답을 주셨다.

"도구대 반주가 필요하다."

"아니, 도구대 반주가 무엇인가요?"

여쭈었더니 엉뚱하게 말씀하셨다. 도구대는 사투리로 떡방아 찧을 때 쓰는 방앗공이를 가리키는데, 떡쌀을 찧을 때 한 사람이 방아를 찧으면 곁에 있는 사람이 손에 물을 묻혀 떡쌀을 다시 가운데로 몰아주어야 하고 떡을 찧을 때마다 이 과정을 반복해야 했다. 떡방아를 제대로 찧으려면 그때마다 물을 묻혀 떡쌀을 다듬어주어야만 했다. 즉, 아버지 말씀은 떡방아 찧듯이 식사할 때면 소화를 돕기 위해 술로 음식을 다듬어주어야 한다는 것이었다. 술이 필요하다는 유머러스한 변명에 그만 할 말을 잃고 말았다. 이후 나도 아버지의 뒤를 이어 식사 때면 으레 반주를 하면서 술을 줄이라는 아내와 아이들의 성화에

"도구대 반주야"라는 말로 위기를 넘기곤 했다. 이런 것도 부전자전이라고 흉을 보아도 할 수 없다.

❖ ❖ ❖

대학을 마칠 무렵 나의 가장 큰 고민은 진로 선택이었

다. 의과대학을 다녔기 때문에 당연히 임상 과목을 선택하는 것이 기본이었다. 또 학업성적도 웬만하였기 때문에 진로 선택에 있어 내 결심이 중요했다. 지금과는 달리 당시에는 내외소산정(내과, 외과, 소아과, 산부인과, 정형외과)이 선호 과목이었다. 그러나 나는 임상에서는 피부과나 임상병리과를 마음에 두고 있었다. 피부과는 우선 진료가 간단하고 응급이 없고 스스로 시간을 적절하게 활용하여 다른 활동을 병행할 수 있으리라고 보았다. 임상병리과는 기본적으로 생화학적 지식을 바탕으로 질병을 진단하고 새로운 진단법을 개발할 가능성이 무한하였기 때문에 매력을 느끼고 있었다. 그러나 한편으로는 이왕 의과대학 나와서 연구에 관심을 가지려면 기초의학을 해야 하고, 그중에서도 가장 기초인 생화학을 하는 것이 바람직하지 않을까 고민했다. 그러나 그때나 지금이나 기초의학을 전공하면 경제적 여유를 가질 수 없고 우리나라 같은 상황에서는 연구도 제대로 할 수 없을 것이라면서 동료와 선배들이 나의 기초의학행을 이구동성으로 말리고 있던 차였다. 그때 상경한 아버지와 이런저런 이야기를 나누다가 나의 진로에 대한 고민을 말씀드렸다. 그러자 아버지께서는

"세속적인 유혹에 빠지지 말고 네가 하고 싶은 일을 해라"하고 말씀하셨다.

자식에 대한 믿음이 담긴 따뜻한 말씀이었다. 그러면서 한마디 덧붙이셨다.

"걱정은 가불하지 마라."

그 말씀을 듣자마자 내 머리가 환하게 맑아졌다.

"허구한 날 일도 많은데, 무슨 걱정까지 가불하며 사냐?"

가불이란 미리 돈을 빌려다 쓰는 일을 뜻하는데, 아직 벌어지지 않았고 앞으로도 벌어질지 아닐지 모르는 일까지 미리 걱정할 필요가 있느냐는 촌철살인의 말씀이었다. 결국 나는 졸업 후 생화학의 길로 들어섰고, 외롭고 힘든 길이었지만 개척자가 될 수 있었다. 오늘의 나를 만들어주신 아버지께 새삼 감사를 올린다.

아버지의
자식 교육

1985년 추석 전날, 부모님을 뵈러 광주로 향하다가 고속도로가 마비되어 되돌아온 일이 있었다. 반포에 살던 시절인데 집을 나선 후 세 시간이 지나도록 반포 IC도 들어서지 못해서 아예 귀성을 포기하고 어머니께 전화를 올렸다.

"어머니, 도저히 길이 막혀 못 내려갈 것 같습니다."

어머니는 이내 "그래라. 이번 추석에라도 푹 쉬어라" 하고 양해해주셨다. 미국에서 귀국한 다음 해로 눈코 뜰 새 없이 바쁘던 시기라 추석 기간 서울에서 쉴 수 있다는 생각에 얼씨구나 하였다. 그런데 뉴스를 보니 전국적으로 2000만 명 이상의 귀성 인파가 온 나라를 뒤덮어 모든 도로가 마비되었다고 했다. 서울에서 대전까지 열 시간, 광주까지는 스무 시간이 걸렸다는 보도였다.

달포쯤 지나 아버지께서 상경하셨다. 약주 몇 잔 하시더니 벽을 쳐다보며 한숨 쉬듯 말씀하셨다.

"그래, 내 자식은 어디가 못나서 2000만 명에도 못 끼었다냐."

나는 순간 전기 충격을 받은 듯 움찔했다.

"아버지, 죄송합니다. 앞으로는 명절에 꼭 찾아뵙겠습니다" 하고 약속드렸다.

무려 2000만 명이 고향을 찾아 이동했다는데 당신 자식은 그 속에 끼지도 못하였다는 사실이 아버지를 서운하게 한 것이다. 고향을 떠난 지 벌써 20년이 지났고, 나름대로 서울에서 활동한다고 이 핑계 저 구실로 명절에도 제대로 고향을 찾지 못했던 시절이었다. 그때마다 죄송하다는 전화만 드리고, 그러면 부모님은 언제나 나를 이해해주시리라 자위하지 않았던가. 서운하셨다는 아버지 말씀을 듣고 이제껏 부모님의 마음은 얼마나 허전하셨을까 반성하게 되었다. 너무나 죄송스러운 일이었다.

다음 해 구정에 귀성하는 길은 정말 지독했다. 반포아파트에서 아침 7시에 출발하였으나 만남의 광장에 도착한 시간이 오후 2시였다. 무려 일곱 시간 걸려 겨우 서울을 벗어났다. 경부고속도로와 호남고속도로가 갈리는 회덕 IC에 도착한 시간은 저녁 8시였다. 다음 날 새벽 4시에 익산에 도착했고 최종 목적지 광주 집에 도착한 시간은 아침 6시였다. 서울에서 광주까지 스물세 시간이 걸린 대장정이었다. 그러나 도착하고 나니 피곤함이 눈 녹듯이 사라져버렸다. 아버지의 따끔한 불평 한마디가 폐부를 찔렀고 그 말씀을 받들고 나니 몸과 마음이 모두 개운했다. 그다음부터는 교통상황이 개선되어 열댓 시간, 열 시간, 일곱 시간 등으로 명절 귀성길 소요 시간이 차차 줄어들었지만 고향 가는 길은 아무리 시간이 걸려도 결코 힘들지 않았다.

❧ ❧ ❧

아버지는 우리 4남매를 키우면서 잔소리를 전혀 하지 않으셨다. 진로를 선택하거나 어떤 애로 사항이 있을 때도 자율적으로 결정하고 추진하기를 바라셨다. 그래서 우리들 나름대로 모두 자신이 좋아하는 분야에서 한몫을 하며 살아왔다고 자부하게 되었다. 그리고 형제들 간에 서로 우애

있게 지내기를 바라셨다. 아버지께서 미국에 떨어져 사는 고모님과 그 가족을 걱정하는 모습이며 돌아가신 큰아버지 작은아버지를 기리고 그 친구들까지 진심으로 대하는 모습이며 친척들의 어려움을 풀어주려고 애쓰는 모습이야말로 우리에게 큰 교육이 아닐 수 없었다. 아버지는 자식들에게 어떤 문제가 있을 때 직설적으로 표현하여 시정하기를 삼가셨고 항상 에둘러 조언하며 자식들이 선택할 수 있는 여지를 남겨주셨다.

그중에서도 아직 잊을 수 없는 추억이 있다. 광주서중학교에 합격하고 맞은 만 열두 살 생일날 아버지는 새 일기책을 사 와서 입학 선물로 주셨다. 그리고 일기책 첫 페이지에 주자의 권학문勸學文을 써주셨다.

나이 먹기는 쉬우나 학문 이루기는 어려우니 한순간의 짧은 시간도 가볍게 여기지 말아라.
연못의 봄풀이 꿈에서 아직 깨어나지 못했는데 섬돌에 떨어지는 오동잎은 벌써 가을을 알린다少年易老學難成 一寸光陰不可輕 未覺池塘春草夢 階前梧葉已秋聲.

"중학생이 되었으니 이제는 공부를 더 열심히 해야 한다. 시간을 아껴야 한다"고 당부하시면서 대학자인 주자의 삶과 학문에 대해 설명해주셨다. "매일 꼭꼭 일기를 쓰면서 하루 생활을 반성하고 다시는 같은 실수가 없도록 노력해라"라는 말씀이 아버지가 내게 준 거의 유일한 직접적인 가르침이었다.

어느 날 아버지와 약주를 나누는데 난데없이 이런 말씀을 하셨다.

"민학회 행사를 해보니 교수들이 제일 엉터리더라."

바로 반문하지 않을 수 없었다.

"왜요?"

아버지의 대답은 나를 뜨끔하게 했다.

"발표 차례가 되면 일반 회원들은 사전에 답사해서 현장의 자료도 모으고 현지 주민들을 직접 만나 숨겨진 전설이나 민담을 찾아 오는데, 교수들은 발표하라면 항상 어떤 책에는 어떻게 쓰여 있고 어디에는 어떤 기록이 있더라며 문헌적 자료만 준비해 오더라."

교수인 아들에게 일부러 따끔한 경고를 하신 것 같았

다. 문헌적 자료에 집중하느라 오히려 현장을 잊어버리는 폐해를 우려하여 주의를 주신 것이다. 이후 내가 노화와 초장수인 연구를 추진하면서 무엇보다도 현장으로 직접 파고 들어가게 된 것도 아버지의 가르침에 영향을 받았음을 인정하지 않을 수 없다. 그래서 나의 연구는 직접 경험하고 확인한 사실 중심으로 추진되었을 뿐 아니라 발표할 기회가 있을 때면 가장 현장 중심적인 리얼한 상황을 표출하게 되어 많은 분들의 심심한 공감을 얻을 수 있었다.

❖ ❖ ❖

아버지는 매우 자상한 스타일이고 반대로 어머니는 매우 차분한 성격이셨다. 그래서 일상생활에서 두 분을 보면 어머니는 조용히 일을 처리하는 경우가 대부분이었지만 아버지는 그러지 않으셨다. 항상 이 사람 저 사람을 부르고 문의하고 전화하며 연락하셨다. 당신께서 필요한 일에 유관하다고 생각하는 사람들은 한 분도 빼지 않고 연락해 언제나 가까이 두고 싶어 하셨고, 사람들과의 관계 유지를 위해서 열심히 노력하셨다. 그러기 위해 아버지가 사용한 중요한 수단은 바로 전화였다.

나와 남동생에게도 아버지는 매일 전화를 주셨다. 도저히 말릴 수 없는 아버지의 성격이었다. 매일 아침 9시면 예외 없이 대학 연구실로 전화가 걸려 왔다. 큰아들인 나와 통화를 마치고 나면 이어서 작은아들인 내 동생 사무실로 전화하였다. 서울에 사는 두 아들을 매일 점검하는 것이 아버지 일과의 시작이었다. 처음에는 어쩔 수 없이 전화를 받았지만 나이가 들어감에 따라 자식 도리가 아닌 것 같아 어느 날은 "아버지, 이제는 제가 매일 전화 올리겠습니다" 하였지만 소용이 없었다.

"목마른 사람이 우물 파야지. 너희들이 바쁜데 어디 매일 전화하겠냐?"

하며 일언지하에 말을 끊어버렸다. 아침에 바쁜 일로 전화를 받지 못하면 바로 며느리에게 전화하여 내 행방을 물으시니 도리가 없었다. 어떻게 아침부터 아버지가 내 행방을 묻는 전화를 하게 만드느냐며 아내가 항의를 하니 대책을 강구해야 했다. 그런 일이 있고 나서는 아버지에게 내 일정을 미리 알려드리기로 했다. 몇 월 며칠 아침에는 어디서 조찬 미팅이 있고 몇 월 며칠부터 언제까지는 해외여행을 한다는 등 모든 일정을 사전에 보고해두었다. 그러면 그런 날들은 달력에 표시해두었다가 아침 전화를 하지 않으셨다. 그리고 해외여행을 간 경우에는 귀국하여 공항에 도착하자마자 곧 전화를 해야만 했다. 그러지 않으면 그다음 날 아침 전화에서

"너 어디 다녀왔다면서야?"라며 한마디 던졌다. 자식이 여행 잘 다녀왔는지, 별일은 없었는지 노심초사하셨던 모양이다.

결국 아버지는 나의 일정과 일거수일투족을 모두 알게 되었다. 매일 아침 하는 통화에 별다른 내용이 있을 리 없었다. 아버지의 전화를 받으면 으레 이런 대화가 오갔다.

"예, 접니다. 편히 주무셨습니까?"

"그래. 별일 없냐?"

"네."

"알았다."

그러고는 전화를 끊으셨다. 이게 30년 이상 이어온 아버지와 나의 아침 통화의 기본 틀이었다. 특별히 다른 말을 할 만한 일들이 없었기 때문이다. 오로지 자식 안부를 확인하려는 뜻이었다.

아버지와의 통화가 위력을 발휘한 것은 우리 아이들의 혼사였다. 딸이 대학원을 졸업하자 바로 그다음 날 전화의 톤과 내용이 달라졌다.

"너는 딸애를 위해 지금 뭘 하고 있냐?"

하며 딸아이 결혼을 채근하셨다.

결혼이란 서로 뜻이 맞는 사람을 만나 사랑하여 하는 것이고 인연이란 언제든 갑자기 생길 수 있다고 믿었기 때문에 자식 결혼에 대해 솔직히 별로 서두를 마음은 없었다. 그런데 아침마다 아버지로부터 채근을 받으니 무엇인가 말 대접이라도 해드려야 할 것 같아 친구들에게 부탁하지 않을 수 없었다. 사실 아버지의 독촉이 나에게는 큰 자극제가 되었다. 가까운 친구들에게 아버지의 독촉으로부터 나를 구제해주는 의미에서라도 딸아이 중매에 좀 나서달라고 호소했다. 그렇게 어렵사리 중매가 이루어져 맞선을 몇 번 봐도 딸아이는 그저 시큰둥했다. 맞선을 보러 갈 때마다 마치 상대방과 결혼할 수 없는 이유를 찾으러 가는 것 같아 안타깝기만 했다. 그러나 여하튼 이런 효과인지 아니면 그저 인연이 닿은 것인지 다행히 딸아이는 서른 살 전에 결혼을 하게 되었다.

아들도 마찬가지였다. 일본 유학을 마치고 귀국하여 군대를 다녀오자마자 아침마다 아버지가 채근하셨다.

"내가 손자며느리를 빨리 보면 안 되겠냐?" 하시며 또 독촉이었다.

그래서 아들도 아직 준비가 덜 된 상태였지만 비교적 일찍 결혼하게 되었다. 아버지의 독촉 덕분에 결국 나는 일찍 손자 손녀를 두었고 이제는 친구들의 부러움을 받고 있다. 아버지의 전화 채근이 없었다면 나는 자식들의 결혼을 결코 서두르지 않았을 것이고, 손자 손녀도 언제 볼지 몰랐을 것이다. 아침마다 전화로 자꾸 채근하시는 탓에 불편한 마음이 없지 않았지만 세월이 지나고 보니 아버지가 얼마나 현명한 분인가 새롭게 깨닫게 되었다. 나이 일흔이 넘은 친구들이 아직 자식들 혼사를 치르지 못하여 골머리를 앓는 걸 볼 때마다 아버지의 독촉이 정말 최고의 자식 혼사 처방전이었음을 인정하지 않을 수 없다.

아버지 전화의 압권은 나의 회갑 날 건 전화였다. 회갑이라고 호들갑 떨 수도 없어 그날도 여느 때처럼 출근하였는데 아침 9시에 전화를 주셨다.

"네, 접니다. 아버지."

"오늘이 너 무슨 날이지?"

"예, 오늘이 제 예순 살 생일입니다."

"그럼 너도 이제 환갑이구나."

"예, 그러네요."

"그래. 그럼 너도 이제 나이를 먹을 만큼 먹었구나. 축하한다."

"네, 감사합니다."

"그러면 인자 너도 나이 들 만큼 들었으니 이제부터는 니 일은 니가 알아서 해라."

"예."

그 전화가 아버지와 나의 공식적 아침 전화의 끝이었다. 그러고는 아침 전화를 주지 않으셨다. 아버지는 자식이 환갑 될 때까지 걱정하며 매일 전화를 주셨던 것이었다. 예순이 넘었으니 이제는 알아서 잘하라는 말씀이 가슴을 먹먹하게 하였다. 이제야 비로소 내가 성인이 되었다고 아버지가 인정해주셨다는 기분이 들었다.

어머니와의 관계에서도 마찬가지였다. 항상 수시로 전화하고 연락하는 편은 아버지였다. 가끔 서울 오시면 도착하자마자 바로 집으로 전화하여 어머니를 찾으셨다. 어쩌다 어머니께서 전화를 받지 않으면 안절부절못하셨다. 몇 번이나 또 하고 또 하고 하시다가 어머니가 전화를 받으면 비로소 마음을 놓으셨다. 아버지는 퇴직 후에도 당신이 설립한 재단의 사무실을 매일 나가셨다. 출근해서도 수시로 어머니에게 전화를 하셨다. 그런데 어느 해 광주 집에 들르니 어머니가 핸드폰을 없애버렸다고 여동생들이 이야기해 주었다. 그래서 어머니에게

"왜 핸드폰 가지고 다니시지 않으세요?"

여쭈었더니 뜻밖의 대답을 주셨다.

"니 아버지 때문에 없애버렸다."

"왜요?"

"니 아버지가 하도 시시때때로 전화하니 도대체 일을 할 수 없어 전화기를 없애버렸다."

아버지를 컨트롤하는 어머니의 단호한 방법이었다. 그러나 어머니의 마음이 이해 가면서도 한편으로 아버지는 얼마나 마음이 편치 않았을까 하는 생각이 들었다. 아버지는 어머니가 보이지 않으면 목소리라도 들어야 했다. 어떤 의미에서는 아버지가 어머니를 더 사랑하신 것 같았다. 아버

지가 사람 좋아하는 것이야 익히 알고 있었지만, 어머니에
대한 사랑은 우리가 가늠할 수 없을 만큼 컸던 게 아닐까?

아버지의 수집벽

아버지가 돌아가신 후 고향집에 돌아와 이것저것 정리하다 보니 상상도 못 했던 자료들이 쏟아져 나왔다. 특히 일본에서 간행한 자료들이 많았다. 일어에 능통하신 아버지는 일본 서적에 최신 정보와 다양한 지식이 있다고 생각하고, 충장로에 있는 삼복서점을 통해서 일본의 최신 도서들을 정기적으로 구입하셨다. 월간지인 《문예춘추》는 100여 권이 훨씬 넘게 있고 '세계의 역사' 전집을 비롯하여 일본 역사, 한국 역사, 한일 관련, 일제강점기에 발행된 우리나라의 문화, 풍습, 전설에 관한 일본 학자들의 헤아릴 수 없는 도서들이 가득하였다. 우리 책으로는 《사상계》가 거의 완질에 가깝게 남아 있었고 각종 역사, 풍물 관련 국내 도서와 자료들도 셀 수 없었다. 또한 각종 신문에 나온 문화, 역사, 풍물, 인물 등에 관한 기사들을 주제별로 스크랩해둔 앨범이 수십 권에 이르렀다. 더욱이 내가 시간이 날 때 가끔 들여다본 책들마다 아버지가 읽다가 밑줄 그어두고 메모해둔 것을 보면서 아버지의 열성과 노력에 놀라지 않을 수 없었다. 아버지의 독서량이 상상할 수 없을 정도였으며 집에 있는 자료들을 전부 독파하셨다는 의미였다. 이러한 책들에 더해 이 책 저 책 사이에서 아버지가 별도로 메모해둔 메모지들도 상당량 나왔다. 그러나 아버지 자료들을 정리하면서 정작 너무도 안타까웠던 일은 마지막까지 출근하였던 사무실에 가득한 아버지의 손때 묻은 자료들이 그만두신 이후에 모두 폐기되어버렸다는 것이었다. 아버지가 모아놓은 자료들은 모두 광주와 전남의 역사와 문화에 관한 보물 같은 자료인데 아버지가 관여하던 재단의 무성의한 관리로 단번에 사라져버렸다는 사실에 가슴이 먹먹했다. 평생 모아온 자료들인데 그 소중함을 인지하지 못한 후임 관리인의 대처가 너무나 아쉽고, 멀리 떨어져 산다는 이유로 좀 더 일찍 주의를 기울이지 못한 나의 무관심과 잘못 또한 반성하지 않을 수 없었다.

나를 놀라게 한 사건은 또 있었다. 책장의 책들을 정리하다 보니 앞줄의 책들에 가려 보이지 않던 책장의 뒤쪽에서 엄청난 자료들이 발견된 것이다. 나와 내 동생들의 초등학교 시절 공책과 일기장이 가득 쌓여 있었다. '광주중앙국민학교 3학년 4반 박상철', '광주중앙국민학교 4학년 3반 박상철', '광주중앙국민학교 5학년 3반 박상철', '광주중앙국민학교 6학년 3반 박상철'이라고 적힌 공책과 일기장 더미가 나왔다. 연도는 단기 4290년부터 시작하여 4293년까지 이어졌다. 이미 종이는 삭을 대로 삭아서 만지기만 해도 바스러질 것 같았다. 내가 초등학교 3학년이었던 해가 단기 4290년이니 서기로 환산하면 1957년이다. 바로 65년 전의 일기장과 공책이 나온 것이다. 내 인생에 대한 고고학적 발견이 아닐 수 없었다. 어린 시절의 공책과 일기를 보면서 공부하고 뛰놀던 내 모습을 상상하고 미소를 머금지 않을 수 없었다. 내게 이런 시절이 있었던가? 아버지 덕분에 단기 4291년의 어느 날로 돌아가 나의 행적을 되돌려볼 수 있게 되었다. 하루 동안 많은 일들이 벌어졌다. 친구 형이 죽고, 광주고등학교 운동장에서 광주 시내 국민학교 축구 대항전이 열린 날이었다. 두서없지만 나름대로 하루 일과를 성실하게 기록해두었다.

단기 4291년 일기 학습장

광주중앙국민학교 제4학년 3반 박상철

7월 12일 토요일 맑음

아침에 일어나 놀고 있으니까 아버지께서 "오늘이 초복이다"라고 말씀하십니다. 학교 갈 때 어머니께 "오늘 꼭 학교 오십시오" 하고 약속하였습니다. 가는 길에 금호 집에 들러 가려니까 금호 형이 죽었다고 옆집 아이가 말해주었다. 학교 와서 금호 형이 죽었다고 소문이 났다. 학교 갔다 오면서 정준이가 "오늘 우리 광고에 축구 시합 보러 가자" 하고 말을 하였다. 그래서 나는 승낙하였다. 연식이와 정준이와 나는 학교 교문 앞에서 만나자고 하였다. 내가 가니 정준이가 "연식이 내버려두고 우리 둘이만 가자"고 말하였다. 난 약속을 어겼다. 두 번째가 우리 선수 할 차례다. 우리와 수창 선수가 덤빈다. 수창 선수에게 1 대 0으로 졌다. 아이들은 심판관이 나빴다고 하였다. 우리는 응원도 않고 수창은 응원도 잘하였다. 마지막 수창과 효동이 덤빌 때 저녁놀은 선수들을 비춰 한층 더 아름답게 보였다.

아버지의 자료들을 정리하다 보니 각종 신문에 실린 나와 동생들에 관한 기사를 스크랩해둔 앨범이 여러 권 나왔다. 그동안 암과 노화 및 장수에 관한 수많은 정보를 국내 최초로 일반인에게 소개했기에 나는 매스컴에 많이 노출될 수밖에 없었다. 그러나 이런저런 이유로 나도 모르게 신문과 잡지들에 실린 내 기사를 어디서 이렇게 많이도 구하셨는지 놀랍기만 했다. 나만이 아니었다. 내 동생들에 관한 기사도 모두 수집하여 따로 두었다. 남동생 박상인은 한국과학원(현 KAIST) 전자공학과 1회 졸업생으로 바로 산업 전선에 뛰어들어 제일 먼저 한 일이 타자기로 한글을 칠 때 받침 때문에 세벌식으로 하여야 했던 것을 두벌식으로 사용할 수 있도록 개발한 것이었다. 한글의 기계화를 획기적으로 발전시켜 디지털 시대 한글의 위상을 높이는 데 기여하였다. 이러한 공로로 약관의 나이에 대통령 표창과 산업훈장을 받았고, 이어 기업을 세워 우리나라의 수출입에 기여하였다. 큰 여동생 박인혜는 우리나라 간호학계에서는 유일하게 이스라엘의 히브리대학에서 보건학을 전공하였고, 국내에서 지역사회간호학을 정립하는 데 기여하여 간호학의 영역을 크게 확대하고 지역사회 복지를 이루는 데 큰 업적을 세웠다. 따라서 이런저런 이유로 우리 형제들은 여러 매스컴에 자주 등장했다. 아버지는 사랑하는 자식들의 활약상을 촘촘하게 모니터링하셨던 것이다. 당사자인 자식들도 모르는 별난 자료들을 빠짐없이 모아온 아버지의 수집벽에는 감탄할 수밖에 없었다. 아버지는 그런 일들을 우리에게 한 번도 내색하지 않으셨다. 그런 자료들을 모으면서 열심히 살아가는 자식들의 모습을 지켜보고 조용히 응원하고 계셨음을 알 수 있었다.

동네 사람들은 우리 집을 가리켜 '쓰레기가 나오지 않는 집'이라고 불렀다. 그만큼 어떤 자료나 물품도 아버지와 어머니는 아끼고 보존하였다. 자식들 또는 역사와 문화에 관한 수많은 자료들을 열심히 구하여 따로 보관해두신 모습에서 아버지의 자녀 사랑, 자료 사랑의 마음을 가슴 깊이 느낄 수 있었다.

나 참 행복하구나

여든을 넘기면서 아버지의 건강에 문제가 생기기 시작했다. 여든 살에 위암 진단을 받고 화순전남대병원에서 수술을 받았다. 수술 후에는 체중이 줄고 많이 쇠약해졌지만 다시 대외 활동을 시작할 만큼 건강을 회복하였다. 그러나 아흔이 넘어가면서 갑자기 건강이 다시 나빠지고 인지장애 증상도 나타나기 시작했다. 그런데 가장 문제가 된 것은 무릎이었다. 보행을 잘 못하시니 요의를 느끼고 화장실까지 가는 도중에 실수가 생기기 시작했다. 그래서 환자용 기저귀를 차도록 하였는데 아버지는 이를 끝까지 거부하셨다. 기저귀 차는 것을 당신의 자존심을 짓밟는 일로 생각하신 듯했다. 그뿐만 아니라 아버지는 지팡이 짚기도 거부하셨다.

걷기가 불편하고 자세도 흐트러지기 쉬워 다칠 염려가 있는데도 지팡이 짚기를 끝내 거부하셨다. 지팡이 짚는 것 역시 당신의 자긍심을 상하게 한다고 느끼신 것이다. 그래서 바깥출입을 제한하고 집에서 간병하던 중 아버지 상태가 갑자기 나빠져 병원에 입원하였더니 급성신장염이라는 진단이 내려졌다. 회복이 늦어지고 입원과 퇴원을 두어 차례 되풀이하다가 건강이 회복되었다고 평가되었지만 일단은 전문 간호가 필요하다 하여 요양병원에 모시기로 했다. 그런데 입원한 바로 다음 날 아침 식사할 때 막내 여동생이 아버지 시중을 들고 있는데 또 배변 실수가 있었다.

막내가 "아버지, 먹으면서 싸는 사람 어딨다요?"라고 항의하자 아버지는 그때도

"여기 있지야" 하며 계면쩍으면서도 여유 있는 유머를 잊지 않았다.

그 아침 식사가 마지막이었다.

막내가 아침 식사 후 아버지를 휠체어에 모시고 산책하면서 여쭈었다.

"아버지, 기분 어때?"

아버지는 이렇게 답하셨다.

"나 참 행복하구나."

이것이 아버지가 남기신 사실상 마지막 말씀이 되어버렸다. 그러다가 갑자기 상태가 나빠져서 병실로 돌아왔는데 순간순간 상태가 급박하게 돌아갔다. 연락을 받은 어머니가 막 당도하여 아버지를 소리쳐 부르자 눈을 뜨고 어머니를 바라보며 눈을 깜박이다가 돌아가셨다고 하였다. 마지막 순간까지 아버지는 어머니를 기다리고 계셨던 것이다.

당시 대구에 머물고 있던 나는 연락을 받자마자 달려갔지만 임종을 지키지 못하여 천추의 한을 남기고 말았다. 다만 아버지께서 마지막 순간에 행복하다고 말씀하셨다는 것을 전해 듣고 조금은 위안이 되었다. 아버지 장례는 많은 분들이 조문해주어 뜻깊게 치렀다. 그러나 묘지를 결정하는 문제가 우리 형제들에게 남았다. 집안의 원래 선산은 장흥군에 있고 광주 효천면 금당산 아래 옥천사 인근에 무등산이 바라보이는 남향으로 툭 터진 곳에 우리 집안 묘지가 있다. 마침 금당산에 모시던 할아버지, 큰아버지, 작은아버지를 모두 그 전해에 장흥 선산으로 이장하였던 터라 텅 비어 있었다. 그래서 그곳에 모실 생각을 하고 동생들과 상의하였다. 그런데 큰 여동생이 "아빠는 사람들을 좋아했잖아요" 하며 아무도 없는 산속에 아버지 혼자 모시는 것이 싫다고 강하게 거부하였다. 그 말을 듣는 순간 나도 가슴이 울컥하였다. 사실 아버지는 사람들과 어울리며 막걸리 소주 나누며 사는 것을 가장 좋아하셨고 그래서 주변에는 항상 많은 사람들이 있었다. 그리고 혼자 있는 것을 싫어하셨다. 큰 여동생의 지적에 다른 동생들도 동의하여 어머니께 상의드렸더니 어머니도 그러기를 바란다고 하셔서 일단 아버지를 많은 사람들이 함께 잠들어 있는 광주영락공원 납골당에 안장하기로 정했다. 후에 어머니가 세상을 떠나시면 그때 묘지를 다시 결정하기로 하였다. 아버지의 소천은 천상병 시인의 시를 떠올리게 하였다.

나 하늘로 돌아가리라 / 아름다운 이 세상 소풍 끝내는 날 / 가서, 아름다웠더라고 말하리라……

8장

회향회춘 일지

어디서 왔나요?

'고향'이라는 단어, 그리고 그곳에 계신 어머니의 존재만으로도 가슴이 벅차오른다. 귀향이라는 의미의 노스토스 Nostos, νόστος는 간난신고艱難辛苦를 이겨내고 어렵게 고향으로 돌아온다는 의미이다. 호메로스의 걸작《오디세이》의 주인공이 천신만고 끝에 마침내 이루어낸 귀향이 대표적 사례이다. 여기에서 파생된 단어인 노스탤지어Nostalgia(귀향과 통증ἄλγος의 합성어)는 고향을 그리면서 마음속 깊이 밀려오는 그리움과 아쉬움과 안타까움과 애잔함이 가득해지는 순수한 마음 아픔을 일컫는다. 살아가면서 고향을 그리는 마음이 어느 누군들 없겠는가? 그래도 나의 경우는 머나먼 해외가 아니고 서울에서 주로 살아왔기 때문에 굳이 노스

탤지어에 젖어 있을 필요는 없었다. 일이 있으면, 보고 싶으면, 언제나 고향에 올 수 있었기 때문이었다. 그럼에도 불구하고 나는 집안에 특별한 행사가 있을 때나 구정과 추석 명절에만 겨우 고향에 내려왔을 뿐이었다.

결국 아버지께서 세상을 떠나신 관계로 혼자되신 어머니에게 조금이라도 힘이 되어드릴 방법을 찾다가 비로소 고향으로 돌아가야겠다는 생각을 하게 되었다. 그래서 광주에 내려왔지만 옛사람들도 오랜만에 돌아온 고향이 낯설다고 푸념하였던 터라 50년 만에 돌아온 나도 고향 사람들이 낯설고 또한 동네 사람들이 나를 낯설어하면 어쩔까 조바심이 클 수밖에 없었다. 귀향할 때 당唐 시인 하지장賀知章의 〈회향우서回鄕偶書〉 구절이 떠오르는 것이 어쩜 당연하였다.

젊어 떠난 고향 늙어서 돌아오니 고향 말씨 그대론데 귀밑머리 쇠었네 동네 꼬마들 쳐다보고 알아보지 못한 채 웃으며 묻기를 손님 어디서 왔나요少小離家老大回 / 鄕音無改頻毛衰 / 兒童相見不相識 / 笑問客從何處來.

그러나 50년 만에 돌아온 광주는 낯선 곳이 아니라 반갑고 따뜻한 고향이었다. 가족과 지인들은 한결같은 사랑으로 나를 받아주었다. 전남대학교에서도 여러 후배 교수들이 진심 어린 환영을 해주어 감사하지 않을 수 없었다. 내가 돌아온 고향은 예이츠William Butler Yeats의 〈이니스프리의 호수 섬The Lake Isle of Innisfree〉에 묘사된 바로 그곳이었다. 고향의 찰랑대는 물소리가 따스하게 속삭여주고 있다.

나 이제 일어나 가리라, 밤이나 낮이나 끊임없이 나는 듣네, 호숫가에서 나지막이 찰랑대는 물소리를 / 마찻길이나, 잿빛 포장도로에 서 있을 때도 나는 듣네, 가슴 속 깊은 곳에서 그 소리를

그래서 내 마음속에서도 고향을 그리는 찬가가 저절로 우러나서 중얼거리지 않을 수 없었다. 고향의 의미 그리고 일흔 살이 넘어 찾아온 고향에서 맞는 새로운 삶의 의미를 되새겨보았다.

고향

청어靑魚

살어리 살어리랏다
머루랑 다래랑 먹고
청산에 살어리랏다
바로 그 청산

산 절로 물 절로
하늘 절로 땅 절로
나 절로 너 절로
어우러지는 곳

소꿉놀이하던 친구
죽마 타고 놀던 동무
함께 바라보던 곳
피가 끓는 땅!
맛으로 감싸주는 곳!

뜨거움 가득

그리움 가득

범벅으로 비벼져서

꿈으로 사는 곳

박 교수,
내가 공부 못 할 이유가 있나요?

코로나19 사태는 내게도 큰 변화를 가져왔다. 우선 코로나 사태로 인해 외부 강연 빈도가 크게 줄어들었다. 그리고 각종 학술 행사가 취소되었다. 그 결과 시간적으로 보다 여유로워졌다. 광주에 머무는 시간이 길어지게 되어 내 자신을 위한 새로운 계획을 세워보기로 했다. 일종의 코로나 수혜가 아닐 수 없다. 특히 코로나 사태로 시간이 나서 운전면허를 재취득하고 종합건강검진을 한 일은 내 삶을 바꾸는 결정적인 계기가 되었다. 이 과정에서 어머니는 자식 감독으로서의 절대권을 행사하여 아들인 내가 복종하지 않을 수 없었고 결국 내가 변화하게 되는 전기를 이루었다.

　나의 운전면허는 적성검사 미필로 말소된 지가 13년

이 되었다. 나는 1982년에 운전면허를 취득하여 2009년까지 운전하고 살았으니 근 30년의 운전 경력을 가졌고 그동안 미국에서 한 번 교통사고를 입은 뒤로는 무사고 운전 경력을 자랑해왔다. 그런데 나이가 60을 넘어선 2009년부터는 내 자신의 건강을 위해 무엇인가 노력하기로 결심했다. 우선 가능한 한 많이 걷기로 하고 그러기 위해 운전하지 않기로 했다. 일부러 시간 내어 헬스장에 간다든지 건강을 위한 운동을 별도로 한다는 것이 당시 내게는 시간적으로 사치로 여겨졌던 시절이었다. 그만큼 바쁘게 움직이며 살았기 때문에 건강도 전만 못해졌다는 것을 깨달으면서도 엄두를 내지 못하던 차였다.

이러한 상황에서 나에게 결정적으로 영향을 미친 것은 서울대학교 노화고령사회연구소를 운영하면서 개설한 장수과학최고지도자 과정 제2기에 등장한 뜻밖의 인물이었다. 지도자 과정 신청자들의 등록 서류를 들여다보다가 95세의 변경삼 님이 신청한 것을 발견하였다. 도저히 나이가 믿기지 않아 그분을 미리 초청하여 우선 면접을 보았다. 그분의 연령은 자제분들이 이미 일흔을 넘겼으니 의심할 여지가 없었다. 연령을 확인한 다음 단도직입적으로 물었다.

"어떻게 매주 하는 수업을 들으실 수 있으시겠습니까?"

"박 교수, 내가 공부 못 할 이유가 있나요?"

그야말로 우문현답愚問賢答이었다. 당당한 노인의 모습을 추구해온 내게 뒤통수를 때리는 충격이었다. 그렇다, 아무리 나이가 많다고 해도 공부를 못 할 이유는 없는 것이다. 그분은 당시 아직도 현역으로 사업을 하고 있는 95세의 노옹老翁이었다. 그분은 등록하여 결석 한번 없이 열심히 다니고 공부하였다. 그분에게 건강의 비법을 물었더니 돌아온 답이 바로 걷기였다. 당신이 80 되는 해부터 걸어 다녀야겠다고 결심하고 제일 먼저 승용차를 없애고 버스와 지하철을 타고 다니기 시작하였다. 아흔이 넘어서도 보통 하루 1만 5000보에서 2만 보를 걸었다고 했다. 마치 하느님께서 복음을 내려주신 듯이 머리가 환해졌다. 아흔이 넘은 분도 저러한데 나라고 못 하겠는가? 그래서 나도 자동차를 딸에게 주어버리고 분당에서 종로 연건동에 있는 대학까지 버스나 지하철을 타고 다니기로 하였다. 러시아워를 피하기 위해 새벽 6시면 출근하고 밤 9시 넘어서 퇴근하였다.

그러나 2011년 서울대학교를 정년퇴직하고 가천대학교 이길여 암·당뇨연구원 원장으로 갔더니 기사와 승용차가 나왔다. 그리고 2년 뒤에는 삼성종합기술원 부사장으로 가다 보니 역시 기사가 딸린 승용차가 나와서 실제로 운전할 필요가 없어졌다. 다섯 해 이상을 기사가 운전해주는 승용차를 타다 보니 운전과는 거리가 더욱 멀어졌다. 그 후 옮겨 간 대구 DGIST에서도 대학 가까이 관사를 제공해주어 역시 자동차가 필요없었다. 그러던 어느 날 문득 자동차 면허증을 들여다보니 적성검사 만기가 2008년이었는데 전혀 모르고 있었음을 알게 되었다. 마침 아는 경찰이 있어 물어보니 아마 면허증이 정지되어 있을 거라고, 꼭 확인해보라고 했다. 분당경찰서 교통계에 문의하니 면허가 진즉 취소되었을 뿐 아니라 기간이 10년 넘게 경과되어 새로 자동차 운전면허를 취득해야 한다고 했다. 그래서 새로 운전면허증을 취득하기 위해 시험 보는 것도 마땅치 않아 아예 포기해버릴 생각을 했다. 더욱이 일흔이 넘은 운전자들을 대상으로 면허증 반납 운동이 벌어지고 있는 판이라 핑계도 좋았다.

그런데 문제가 생겼다. 아들 내외가 분양받은 아파트가 공사 중이라 2년간 본가인 우리 집에 들어와 살기로 했는데 손주가 막 초등학교 입학을 하게 된 것이다. 아들과

며느리 모두 직장 근무를 하여야 하고 손주가 다니는 정자 초등학교는 우리가 살고 있는 궁내동으로부터 거리가 상당히 멀어 통학이 보통 문제가 아니었다. 그래서 자동차가 필요했는데 나도 가끔 도와주려면 직접 운전해야만 했다. 그러나 이런저런 일로 운전면허를 취득할 시간을 좀체 내기 어려웠는데 코로나19 사태가 뜻밖에 시간을 할애해준 셈이다.

막내 여동생이 망설이는 나를 대신해서 서둘러 광주에 있는 자동차 운전 학원에 등록해버렸다. 마침 3월이라 갓 대학을 입학한 젊은이들로 가득한 운전 학원에서 교육을 받게 되어 민망하기 짝이 없었다. 다행히 필기시험은 거의 만점으로 바로 합격하였다. 그러나 장내 주행 시험은 그까짓 T 자 주행이며, 주차며, 도로 주행이 별것이냐며 우습게 본 것이 탈이었다. 운전 경력이 30년이 넘었기에 딱히 신경 쓰지 않고 임했다가 덜컥 탈락했다. 주변 사람들이 장내 주행 시험은 요령이 있기 때문에 몇 번 연습을 해야 한다고 강하게 권장하였다. 마땅치 않았지만 운전 교습자로부터 주행 시험장의 비밀 포인트에 대한 특별 교습을 받고 난 다음에야 비로소 합격할 수 있었다. 세상 모든 일에는 크든 작든 요령이 필요하다는 사실을 망각했던 것이다. 그리고 나서 2주 후에 도로 주행 시험을 한 다음 합격해서 결국 운전 면허증을 새롭게 받을 수 있었다.

그러나 자동차 운전 학원에서 교습을 받는 과정에 내가 유명 인사가 되어 불편한 적이 많았다. 우선 당시 내 나이가 일흔두 살이었기 때문에 초고령 노인 대접을 받았다. 젊은이들이 가득한 곳에 나이 든 사람 하나가 끼어 있으니 눈에 띌 수밖에 없었다. 게다가 학원 직원 하나가 나를 특별하게 보았는지 등록 서류 자료로 인터넷에서 검색해본 모양이었다. 나에 대한 여러 자료가 뜨고 강연 영상들과 칼럼 등이 쏟아져 나오자 주변 강사들과 직원들에게 알려주었다. 강사로 들어온 사람들마다 내게 특별하게 인사하고 수강생들도 눈인사를 하여 더욱 민망했다. 강사들은 이구동성으로 면허를 반납하는 나이에 새롭게 면허 취득을 위해 도전하는 모습이 대단하다며 인사말을 하였다. 더러는 내가 최고령 신규 운전면허 취득자가 아닌가 하고 농담을 던지기도 했다.

늦깎이로 다니게 된 자동차 운전 학원에서 뜻밖의 사

람을 만났다. 여든이 넘었는데도 현역으로 일하고 있는 박득수 강사였다. 손자뻘 젊은이들을 상대로 운전 교습을 하는 박 강사는 나이가 믿기지 않을 정도로 건강하고 당당했다. 여전히 열심히 일하는 모습을 보면서 그분에게 연부역강年力强하기를 빌며 축하하였다. 박 강사는 심상하게 답했다.

"아직도 일하는데 힘들지 않으신가요?"

"무슨 소리요. 아직 일할 수 있는데 집 안에 처박혀 있으면 뭐 하나요?"

또 어리석은 질문을 하고 당당한 답을 들었다. 여든 넘은 현역의 망설임 없는 말이었다. 일할 수 있는데 나이가 무슨 상관이냐는 진리를 실제로 입증하고 있었다. 이미 이러한 진리가 세상에 널리 퍼져 실행되고 있다는 엄연한 사실을 확인할 수 있었다. 정말 이제는 아무리 나이가 들어도 "하늘을 원망하지 말고 남을 탓하지 말고 열심히 노력해야 이룰 수 있다不怨天不尤人 下學而上達"라는 공자님 말씀을 다시 새겨야 하는 세상임을 실감하였다.

일흔 살도 나이다냐?

이전에는 서울대병원 강남센터와 삼성병원에서 정기적으로 종합검진을 받았는데 대구 내려가고 광주에 있는 동안 4년째 건강검진을 못 하였다. 그동안 체중이 늘어서 약간의 문제가 있을 것이라고 예측은 하였지만 선뜻 검사를 받지 못하던 차였는데 코로나19 사태로 시간 여유가 생겨서 전남대병원 화순병원에서 종합건강검진을 받았다.

광주에 내려올 때 이미 과체중 상태였는데 고향에 와서 어머니가 차려주신 아침밥을 먹기 시작했고 친지나 새로 만난 동료들과 푸짐한 남도 음식으로 회식을 자주 하다 보니 과체중 상태가 더욱 심해졌다. 친구들을 만날 때면 "얼굴이 좋아졌네", "몸이 좋아졌네" 하는 꾸지람성 인사말을 자주 듣게 되었다. 또한 아버지와 동생이 모두 위암 판정을 받은 적 있고 고혈압 가족력이 있을 뿐 아니라, 내 개인적으로도 위에 만성 염증, 간에는 물혹이 있고, 담도에도 작은 혹이 있어 항상 주의하고 있었다. 그리고 대장 용종도 여러 번 제거했기 때문에 내시경과 CT, MRI 등의 철저한 정밀검사를 하였다. 검사를 받고 일주일 뒤 결과에 대한 진료를 받기로 되어 있었는데 검사 바로 다음 날 막내 여동생이 호들갑 떨며 어머니와 함께하는 식사 자리에서 엄포를 놓았다. 대학 병원에 근무하는 매제가 검사 결과를 미리 살펴보았더니 급성위염, 복부 고도비만, 고혈압, 당뇨, 심장 비대가 있다는 것이다. 이에 덧붙여 매제는 "이런 복부 CT는 평생 처음 봤소"라며 복부 비만과 내장지방이 심각하다고 어머니께 일러바쳤다. 실제로 나도 내 검사 결과를 보고 깜짝 놀랐다. 몇 년 사이에 혈압이 170/90이 되었고 공복 혈당이 140이 넘었으며 체중은 87킬로그램이 되었다. 어머니는 바로 비상사태를 선언했고 두 여동생들이 신경을 써주어 나의 생활 개선 운동이 시작되었다. 주치의도 여러 가지 주의를 주었고 약물 복용을 검토해야겠다고 했다. 하지만 우선 생활 습관을 통해 문제를 개선해야 한다고 주장해온 나는 약물 복용 없이 적극적인 노력으로 교정해보기로 다짐하였다. 그래서 3개월 뒤 다시 검진하기로 하고 생활 습관 개선에 들어갔다.

　　아흔두 살 어머니의 감독하에 일흔두 살 된 아들은 예순여덟, 예순다섯 되는 두 여동생들의 세심한 관리를 받으며 식생활 개선을 시작하였다. 목표는 2월 말 현재 87킬로그램인 체중을 5월 말까지 80킬로그램 이하로 낮추고 혈당과 혈압을 정상화하는 것이었다. 간호학을 전공한 큰 여동생이 주관하여 우선 철저한 식단 조절을 하였다. 다양한 제철 채소 위주의 채식에 집중하기로 하였다. 다행히 양과동 텃밭에서 무공해 무농약의 신선한 채소가 공급되었다. 채식을 기본으로 하되 과일, 두부, 멸치를 먹고 간헐적으로 생선이나 육류를 섭취하는 식단이다.

　　매일 양배추와 과일(바나나, 오렌지, 망고 중 한 가지), 시금치, 콩나물을 기본으로 하고 미역을 이틀 걸러 먹고 단백질 급원으로는 소고기, 생선, 해물 중에서 한 가지를 먹기로 하였다. 그리고 곡물 위주의 식사량은 3분의 1로 줄이고 매일 반숙 달걀 하나와 쑥떡 한 조각을 먹기로 하였다. 나의 건강에 문제가 있다는 소식을 어떻게 들었는지 동네 목욕탕 가족들까지 나서서 일부러 산나물과 쑥을 직접 캐어다 주기도 하였다. 서울 생활에서는 상상도 못 할 이웃사촌의 아름다운 마음에 감복하지 않을 수 없었다. 숙주와 콩나물은 집에서 직접 키우고 청국장은 순창에 사는 외삼촌에게 냄새가 적게 나게끔 만들어 보내달라고 특별히 부탁했다. 이와 같이 온 가족과 이웃의 절대적 협조를 받아 요란한 다이어트를 할 수 있었다. 건강 장수에서 개인의 노력은 충분조건에 불과하고 이웃의 배려가 필요조건이라고 주장하였는데 바로 그 현장의 체험을 내가 하게 된 셈이다. 이런 혜택을 받고 실행한 식생활 개선 운동은 바로 지상 최고의 황제 다이어트가 아닐 수 없으며 그 성과도 마땅히 좋을 수밖에 없다.

건강을 위해서는 식생활도 중요하지만 무엇보다도 운동 생활 개선이 절대적이다. 장수인 연구에서도 식생활은 지역마다 너무 차이가 많아 공통점을 찾기 어려웠으나 운동 생활에서는 거의 모든 장수인들이 부지런히 매일 운동을 지속한다는 공통점을 가지고 있었다. 또한 이들 장수인들은 헬스장을 찾아 인위적 운동을 하는 것이 아니라 일상생활에서의 활동으로 자연스러운 운동을 하였다. 따라서 내가 선택한 운동은 걷기였다. 매일 일정한 시간을 투자하여 열심히 걷는 것이 가장 중요하며 또한 지속 가능하고 실현 가능한 일이라고 보았다. 그래서 운동의 양과 방법에 대한 목표를 설정하였다. 더욱이 코로나19 사태는 내 자신을 위한 투자를 할 시간을 제공해주어 여유롭게 계획을 세울 수 있었다.

무조건 하루 두 시간, 1만 2000보 정도를 걸어서 매월 누적 40만 보 이상을 걷기로 했다. 걷는 방법은 인터벌 워킹Interval walking을 하기로 하였다. 인터벌 워킹은 노인 스포츠에 관한 국제 심포지엄에서 세계 최장수 지역으로 부상한 나가노현의 신슈대학 노세 히로시 교수 팀이 발표한 운동요법으로 노인들을 대상으로 심혈관 기능과 혈당과 비만조절에 매우 좋은 효과가 있다고 보고된 방법이었다. 처음 3분을 천천히 걸은 다음 3분을 빠르게 걷는 사이클을 다섯 번 반복하는 운동으로, 시간은 약 30분 걸리는데 매일 지속적으로 적어도 3개월 이상 해야 하는 방법이다. 단순한 인터벌 워킹의 효과가 우수하다는 일본 대학 팀의 연구 결과에 흥미를 가지고 있었기 때문에 나도 이 방법을 택하기로 하였다. 인터벌 워킹으로 처음 30분을 걷고 남은 시간은 약간의 속보로 걷기로 하였다. 그래서 매일 새벽 5시 반쯤 나가서 두 시간 정도 걷고 돌아와 샤워 후 아침 식사를 했다. 보행 코스를 다양하게 하기 위해 광주에서는 소태동 집에서 무등산을 대상으로 해서 동적골, 약사藥寺, 증심사, 바람재, 당산나무, 중머리재를 바꾸어가며 걸었고 광주천 쪽으로는 광주대교로 가거나 제2수원지까지 걸어 다녔다. 상경해서는 궁내동 집에서 탄천을 따라 서쪽으로는 이매교까지 가거나 동쪽으로는 분당서울대병원 지나 오리역까지 갔다 오기를 반복하였다. 대구에 가는 날이면 DGIST 숙소에서 비슬산 아래 유가사瑜伽寺까지 왕복하였다. 덕분에 철 따라 변하는 자연의 풍광을 즐길 수 있었다. 산과 들에는 버드나무, 매화, 개나리, 진달래, 벚꽃, 목련, 이팝나무, 조팝나무, 아카시아, 단풍이 우거지고 연못에는 수련이 피며, 길가에 가냘프게 어우러진 코스모스 같은 꽃들을 보면서 세월의 변화를 느낄 수 있었다. 산길에서는 꿩, 산비둘기, 박새, 직박구리, 찌르레기, 곤줄박이, 참새들이, 천변에서는 왜가리, 고니, 청둥오리, 오리, 학, 까치, 물까치, 원앙새와 같은 새들이 오가고, 물속에는 팔뚝만 한 잉어들이 떼 지어 다니는 모습을 보며 대자연이 주는 기쁨을 누릴 수 있었다. 자연 속을 걸으면서 풍광을 즐기고 세월의 변화를 만끽하는 기쁨은 운동의 보너스 효과이다. 그리고 이러한 걷기 생활에는 뜻하지 않은 기쁨들도 따랐다. 증심사 길을 걷다가 문득 길 옆에 새겨진 후배 황지우 시인의 〈무등〉 시비詩碑와 고교 시절 은사셨던 범대순 시인의 〈무등산〉 시비를 발견하고 반갑기 짝이 없었다.

나름대로 열심히 하다 보니 3개월째부터 효과가 나타나기 시작했다. 우선 몸이 가벼워지고 옷이 헐거워져 허전한 느낌이 들 정도였다. 생활 습관 개선 운동을 하면서 바로 갖추어놓은 체중계에 올라설 때마다 가슴이 설레었다. 2월 말 87킬로그램이던 몸이 5월 말이 되니 70킬로그램대로 내려왔다. 2주째 2킬로그램, 4주째 4킬로그램 감량하고, 두 달 지난 4월 말에는 6킬로그램을 감량했다. 석 달 만에 체중이 79킬로그램으로 내려왔다. 옷을 바꾸지 않을 수 없었다. 허리띠 구멍을 세 개나 줄였다. 허리띠를 줄일 때마다 희열을 느꼈다. 생활 습관 개선 운동 후 반년이 지나서 체중이 74킬

로그램까지 줄어들었으나 이후 75, 76킬로그램으로 유지
하려고 노력하고 있다. 또한 혈압도 120/80, 공복기 혈당도
110으로 줄어들었다. 약물을 사용하지 않더라도 얼마든지
몸을 바꿀 수 있고 생활 습관으로 인한 질환을 예방할 수
있음을 내 스스로 입증할 수 있어서 자부심을 가지게 되었
다. 역시 하면 되는 일이다. 건강 상태도 40대의 혈압과 혈
당으로 돌아왔고 젊었을 때 입던 옷도 입을 수 있게 되었으
니 정녕 70대에서 40대로 회춘한 셈이다.

생활 습관 개선 노력을 반년쯤 한 뒤 체중, 혈압, 혈당
에서 나름대로 상당한 효과를 얻었다. 그래서 그동안 나의
생활 습관 개선을 감독해주신 어머니에게 자랑하였다.
"어머니, 나 살 많이 빠졌지요?" 하고 묻자 일언지하에
"아직 당당 멀었다"라고 하면서 더 열심히 하라고 채근
하였다.
곁에 있던 막내 여동생이 거들었다.
"큰오빠가 일흔이 넘어서 광주 대구 서울을 다니면서
고생하는데 칭찬도 해주어요."
그러나 어머니 말씀은 단호했다.

"일흔 살도 나이다냐? 나는 그때 날아다녔다."

일흔이라는 나이는 무엇이든지 할 수 있는 나이라며 건강에 유의하되 더욱 열심히 하라는 말씀이었다. 눈앞이 갑자기 환해졌다. 그동안 고민하고 생각해왔던 연령 한계 돌파 개념을 어머니는 손쉽게 해결해버린 것이다. "일흔 살도 나이다냐?" 어머니의 일갈에 정신이 바짝 들었다. 어디 가서 나이 탓하고 나이 핑계 댈 수 있을까? 나이 탓하지 말고 남의 탓 하지 말고 열심히 노력해 어머니 기대에 부응하자는 것이 나의 다짐이다.

노인은
세상의 연결 고리이다

광주로 돌아온 이래 고향의 의미를 가슴 깊이 새기게 된 일이 연이어 일어났다. 아버지가 돌아가시기 전부터 집안에서는 제사를 생략하고 성당에서 연도미사로 대체하고 기일이면 장지를 찾아뵙는 것을 제도화하였다. 그래서 아버지 1주기 추모도 집안에서는 연도미사만으로 하려고 하였는데 광주문화재단에서 아버지 추모 헌정식을 개최한다고 연락이 왔다. 추모식에는 어머니를 비롯한 가족들은 물론 산악회, 민학회, 요차회, 사회복지공동모금회 등 아버지와 관련 있던 여러 단체의 수많은 분들이 참여하였다. 추모식이 끝나고 금수장홀에서 아버지를 기리는 국악 콘서트 겸 만찬이 있었다. 아버지 행사 때마다 와서 항상 연주를 해주던 대금

명인 최성남 님이 추모의 의미에서 본인이 작곡한 〈우리 엄마〉라는 곡을 구슬프면서도 아름답게 연주해주었고 이어 가야금과 국악이 뒤를 이었다. 그러고 나서 참가한 분들이 아버지를 회고하는 말씀을 돌아가며 하였다. 그런데 아버지에 관한 회고담에는 놀라운 공통점이 있었다.

참가한 분들 모두 한결같이 말했다.

"혜운 박선홍 선생님이 가장 사랑한 사람은 바로 나요."

우리 가족들도 이구동성으로 말했다.

"아버지가 제일 사랑한 사람은 나였어요."

"할아버지가 제일 사랑한 사람은 저였어요."

아버지는 사람들로 하여금 자신이 각별하게 사랑받고 있다고 느끼게 해주셨던 것이다. 아버지는 누구나 만나면 술 한잔 나누고 집으로 데려가서 또 한잔 나누기를 망설이지 않았다. 그리고 상대방에게 좋은 일이 생기면 함께 기뻐하면서 술잔을 나누셨기에 그 많은 사람들이 아버지를 기리는 것을 보면서 고향의 따뜻함을, 그리고 모두가 동네 이웃임을 느낄 수 있었다. 사람이 모여 사는 훈훈한 고향에 들어섰다는 실감이 났다. 행사 내내 참여한 사람들이 어머니께 곡진한 인사를 드렸고 그때마다 어머니는 잔잔한 미소를 지으며 인사를 받았다.

아버지의 추모식을 지켜보면서 한 분이 살아서 맺은 인연이 이렇게 장대한데 그분이 떠나버리면 이런 인연들도 모두 끊어질 수밖에 없음을 느끼지 않을 수 없었다. 내 형제들도 어머니께서 살아 계시니까 이렇게 자주 만나고 어울리지 않을까 하는 생각이 들었다. 나이 든 어르신의 의미가 무엇인가? 노인의 가치는 무엇인가? 질문을 새롭게 던져보면서 '노인이 바로 세상의 연결 고리이고 사람들을 붙여주는 아교阿膠이다'라는 결론에 이르렀다. 사람과 사람을 연결해주는 고리이자 접합제가 바로 나이 든 어르신인 것이다. 부모 자식이라는 단순한 논리가 아니고 살아생전에 보살피고 챙겨준 인연으로 인간은 얽히고설키며 살아왔고 살아가는 것이 아닌가? 그래서 고향은 바로 그런 얽히고설킨 사람들이 대대로 이어져 보다 더 많은 사람들과 인연을 맺는 곳이다. 아버지에서 자식으로 대를 이어 인연이 맺어지는 고향에 살다 보니 더더욱 정답고 뜨거운 곳임을 느끼지 않을 수 없다.

결론은 가족이다

어려서 외할아버지 외할머니 두 분의 지극한 사랑을 받고 자랐기에 외갓집을 생각하면 마냥 가슴이 설렌다. 더욱이 어린 시절 외갓집에 살면서 주위의 들과 냇가와 언덕을 뛰놀았던 추억이 있어 항상 그리움과 따뜻함이 가득한 곳이다. 그래서 학창 시절에는 틈만 나면 외갓집을 들렀다. 그러나 대학을 졸업하고 나서는 이런저런 일에 매여서 선뜻 내려가지 못하였다. 명절날이나 집안에 대소사가 있을 때나 들렀을 뿐이다. 두 분은 작은외삼촌 내외가 모시고 살았다. 외할아버지가 먼저 돌아가시고 외할머니 혼자가 되셨을 때도 광주에 내려올 일이 있으면 반드시 외갓집에 들러 외할머니를 뵙고 왔다. 그런데 외할머니께서 오랜 지병 끝에 결국 돌아가셨다. 외할머니 장례를 치르고 가족들이 헤어지는 마당에 외숙모님이 나에게 한마디 하셨다.

"장조카, 인자 순창에 안 올 거지?"

"무슨 말씀을 그리하십니까? 틈만 나면 자주 오겠습니다."

외숙모는 외할아버지 외할머니도 안 계시는 순창에 바쁜 내가 이제 다시 오지 않을 것이라 생각하신 듯 말을 던졌다. 작은외삼촌 내외분은 참으로 헌신적으로 외조부모님을 모셨고 광주에 있는 내 어머니에게 철 따라 쌀이며 각종 채소와 된장 고추장을 보내주시는 따뜻한 분들이었다. 그리고 서울에 사는 조카인 내게도 그런 선물을 보내주셨다. 당연히 광주에 내려오면 순창에 들러 삼촌 내외에게 안부 인사를 드리리라고 생각하였다.

그러나 외숙모님의 예언은 적중했다. 외할머니 돌아가시고 나서 근 20년을 한 번도 순창에 들르지 못하였다. 광주에 내려와도 바쁘다는 핑계로 바로 서울로 돌아갔다. 실제로 정신없이 사느라 부모님 뵈러 내려와도 하룻밤 이상을 머물러본 적이 없었다. 그러다 보니 외숙 내외분이 사는 순창에 들른다는 것은 엄두도 못 낼 형편이었다.

그러다가 근 20년이 흘러 백세인 조사를 하는 과정에서 순창군이 장수 지역임을 밝혔고 이어 구례, 곡성, 순창, 담양을 구곡순담장수벨트로 지정하고 관련 조사와 업무로 가끔 내려오게 되었다. 그래서 비로소 외숙 댁을 찾아 인사를 올렸다. 정말 외숙모가 일찍이 예언한 대로 되어버린 셈이다. 외할머니가 계실 때는 무슨 일이 있어도 반드시 들렀던 외갓집인데 외할머니 돌아가신 이후로는 단 한 번도 찾지를 않았다. 외숙과 외숙모가 계신데도 불구하고, 해마다 고맙게도 농작물까지 보내주심에도 불구하고 외갓집을 찾지 못하였다. 죄송하다는 마음을 가지면서도 막상 찾아뵙지 못했던 현실을 어떻게 반성해야 할까? 외할머니와 외삼촌 간은 1촌밖에 차이가 나지 않는데 내 마음속에서는 천지만큼이나 크나큰 차이였다. 촌수 하나가 바로 삼팔선이었다. 내가 느끼는 긴급도에 있어서 외할머니는 외삼촌과 비교할 수 없을 만큼 우위에 있다는 것은 엄연한 사실이었다. 가족 관계에서 밀접도의 중요성을 절감하지 않을 수 없었다.

내가 추구해온 노화 연구의 목표는 어떻게 하면 나이

가 들어도 당당하게 살 수 있으며, 그런 목적을 위해 무엇을 해야 하는가를 찾아내는 데 있었다. 노화의 본질을 밝히는 생명과학적 연구를 추진하는 동시에 당장 노인들에게 도움이 될 수 있는 방안도 강구하려고 노력했다. 처음 서울대학교 의과대학 내에 체력과학노화연구소를 설립하고 이어 서울대학교 노화고령사회연구소로 발전시켜 운영하면서 다양한 프로젝트를 추진했다. 국내 최초의 종적관찰연구인 서울노화종적관찰연구SLSA, Seoul Longtudinal Study on Aging를 시작하여 우리나라 노인들의 노화 패턴을 조사하였고, 나아가 노인들의 몸과 마음을 건강하게 하기 위한 운동으로 우리 춤 체조를 개발하였다. 또한 남성 노인들이 스스로 먹거리를 해결하도록 하려는 골드 쿡 캠페인, 정년퇴직을 앞둔 예비 노인들을 위한 제3기 인생대학U3A, University of the 3rd Age 교육 프로그램, 정보의 홍수 속에서 의학 지식의 건전화를 도모하고 의료에 대한 신뢰도를 높이기 위한 미니메드 스쿨MiniMed School 등을 개설하여 우리나라 고령 사회 발전에 기여하였다. 더욱이 다가오는 고령 사회의 지도자를 양성하기 위한 장수과학최고지도자 과정도 열어 다방면에서 초고령 사회의 제반 문제들에 선제적으로 대비하는 데

주력하였다. 더 나아가서 우리나라 백세인의 실태를 조사하고 바람직한 장수의 방향을 찾기 위한 한국의 백세인 연구도 시작하였다.

일련의 복합적인 조사와 연구 과정을 통하여 그동안 가졌던 노인에 대한 생각 그리고 노화에 대한 개념이 크게 잘못되었음을 깨달았다. 당연히 나이 들면 건강이 나빠지고 생활이 어려워질 거라 여겨왔는데 이러한 생각이 근본적으로 잘못되었음을 알게 되었다. 아무리 나이가 들어도 당당하게 살 수 있으며 희로애락을 함께 나누며 더불어 살 수 있음을 깨달았다. 더욱이 심금을 울린 것은 백세인을 모시고 사는 가족들이었다. 특히 온갖 시련 속에서도 시부모를 평균 45년, 길게는 60년 이상 모시고 살아온 큰며느리들이 있었다. 전통 사회에서 전적으로 가족 부양의 책임을 져온 큰아들과 맏며느리의 존재는 초고령 사회의 주춧돌이 아닐 수 없었다. 또한 백세인이 사는 모습을 보면 가족과 함께 사는가, 요양원이나 양로원 같은 시설에서 거주하는가는 삶의 질에 엄청난 차이를 가져왔다. 사회가 고령화될수록 가족 관계의 소중함이 더욱 확대되어야 하는데 점점 이런 방향과 멀어져만 가는 현실을 보면서 안타까움을 금할 수 없었다. 조사단이 찾아갔을 때 반가워하는 백세인들을 보면서 이분들의 외로움을 덜어줄 방안이 무엇일까도 곰곰 생각하지 않을 수 없었다. 백세인 연구에서 가족의 소중함을 새롭게 깨달으며 고령 사회 대책으로 가족 관계 강화 운동이 필요하다고 느꼈다. 노인들에게는 자식들이 그냥 곁에 있기만 해도 충분하다. 나이 드신 부모님을 가까이 모시는 것이 바로 오늘날에 가장 소중한 효의 핵심이 아닐까 생각해본다.

　　한편, 노인은 무엇보다도 어르신다워야 할 때가 되었다. 나의 어머니처럼 나이 먹은 자식들에게도 야단치고, 잘못된 것을 고쳐주기도 하는 등 어른의 지혜를 발휘해야 할 때이다. 오랜만에 어머니와 함께 생활하면서 백세인 연구 같은 학술적 활동에서 얻은 결과보다 훨씬 구체적으로 노인의 실상에 대하여 체감하였다. 나이 지긋한 분들이 능동적으로 당당하게 살아가는 모습부터 외롭고 쓸쓸하게 지내시는 모습까지 진솔한 삶의 현장을 어머니와 함께 생활하면서 가슴 깊이 느끼지 않을 수 없었다. 어머니 곁에 돌아와 큰아들 대접도 받아보고 꾸지람도 들었다. 미처 몰랐던 친척, 지인들의 가슴 아픈 과거사며 아버지와 어머니의 삶에 대해서도 알게 되었다. 평생 대학의 연구실에서 안주하고 있던 나에게 어머니가 들려주는 이런저런 세상 이야기들은 마치 《이상한 나라의 앨리스》처럼 신기하였다. 상아탑이라는 특수 공간에 갇혀 있다가 확 트인 대지에 풀려나온 느낌이었다. 가족 일도 주변 일도 모두 잊고, 아니, 무시해버리고 연구에만 몰두하며 살아온 삶을 반성하게 되었다.

그동안 밖에서는 나름대로 학계의 원로라고 대접받고 안으로는 이제 손주들을 거느린 할아버지가 된 나도 어머니 앞에만 서면 그저 부족한 자식일 뿐임을 새삼 느꼈다. 남한테 잔소리 한번 들어보지 못했는데 일흔 살이 넘어 어머니에게 꾸지람을 들으면서 아직도 나는 고칠 데가 많은 한참 더 자라야 할 존재임을 새삼 깨닫게 되었다. 한참 더 성장해야 할, 꿈에 부풀은 젊음을 다시 시작할 수 있을 것만 같다. 그리고 오랜 세월 떨어져 살다가 돌아온 자식을 위해 이모저모 신경 쓰는 어머니를 보면서 자식으로서 해드린 것 하나 없지만 그래도 곁에서 시간을 보낼 수 있다는 점에서 조금은 보람을 느낀다. 무엇보다도 어머니가 계시는 곳이 바로 고향임을 분명하게 느끼지 않을 수 없다.

효 개념의 변화

백세인 조사를 하면서 심각하게 제기된 숙제는 전통 문화의 핵심인 '효'라는 개념의 현대화이다. 초고령 사회로 진입하면서 효의 가장 중요한 덕목이 무엇일까 되새겨보게 된다. 원나라 곽거경郭居敬이 저술한 효의 고전《24효고사二十四孝故事》에 기록되어 있는 사례들, 즉 맹종孟宗이 겨울에 어머니를 위해 대나무를 붙잡고 통곡하였더니 죽순이 솟아났다는 곡죽생순 哭竹生筍, 왕상王祥이 어머니를 위해 얼음물에서 잉어를 구했다는 와빙구리臥氷求鯉, 노래자老萊子가 일흔 넘어서 아흔이 넘은 부친을 위하여 색동옷 입고 춤추었다는 노래반의老來斑衣가 동양권 효의 귀감이었다. 우리나라 사례로는 농암聾巖 이현보가 일흔이 넘어 부친 앞에서 색동옷 입고 재롱을 떨었다는 기록이 있다. 그러나 오랜 세월 우리 사회를 지탱해온 이러한 효 문화가 현재와 미래의 초고령 사회에서도 그 역할을 할 수 있을지는 의문이다.

부모가 자식을 양육하고 자식이 부모를 봉양하

는 일은 사람으로서의 마땅한 이치이고 당연한 일로서 동양과 서양, 과거와 현재, 서울과 지방이 다를 수 없는 일이다. 그래서 부모에 대한 효는 전통 사회에서는 당연한 가족의 몫이었는데 그마저 이제는 상황이 크게 달라지고 있다. 사회 발전에 따라 가족들은 뿔뿔이 흩어져 살고 혼인율과 출산율마저 격감하는 형편이 되었다. 실제로 우리나라의 백세인 조사를 하는 과정에서 대표적 농촌 장수 지역인 구곡순담(구례군, 곡성군, 순창군, 담양군)을 중심으로 20년 전과 현재의 상태를 비교해보았을 때도 백세인 중에서 독거노인의 비율이 10퍼센트에서 30퍼센트로 늘어났고 가족이 직접 부양하는 비율이 90퍼센트에서 50퍼센트로 격감하고 있는 현실을 확인할 수 있었다. 양로 시설이나 생활 지원과 같은 사회제도적 발전이 이러한 문제를 일부 해결하고 있기는 하다. 결국 노인 봉양이 가족에서 사회로 위탁되어가는 현실이다.

조사 결과 가족이 점점 멀어지고 있는 것은 분명했다. 그러나 노인들의 행복을 위해서 가장 시급

한 요구 사항은 외롭지 않아야 한다는 점이다. 행복의 조건은 관계의 긴밀도에 있고, 긴밀도의 조건은 사람과 사람 간의 거리에 있다. 외롭지 않으려면 누구보다도 가족이 있어야 하고 그중에서도 가장 믿고 좋아하는 가족이 곁에 있어야 한다. 가족 관계의 긴밀도가 높을수록 효과가 클 수밖에 없다. 고급 시설에서 편하게 지낸다 한들 외로움이 스며들면 행복을 상실하고 삶이 괴로워질 수밖에 없다. 그래서 자식이 가까이서 살갑게 모실 수 있다면 그 이상 좋을 수 없을 것이다.

시간을 거꾸로
─ 다시 어린 아들, 다시 젊은 엄마

하버드대학의 엘런 랭어Ellen J. Langer 교수는 1979년 양로원
에 사는 70, 80대 노인 열여섯 명을 여덟 명씩 실험군과 대
조군으로 나누어 그들이 20년 전에 살았던 1959년도의 환
경으로 바꾸어 살게 하고 변화하는 모습을 관찰한 '시간역
행연구Counterclockwise study'라는 조사를 시행하였다. 이 연구
결과는 몸과 마음의 긴밀한 상관관계를 밝힌 중요한 사례
가 되어 세상 사람들의 관심을 크게 끌었다. 이들이 거주하
는 실내의 모든 구조와 장식, 가구, 주방, 식단, TV, 책, 잡지,
신문 등을 20년 전 상황과 동일하게 조성하였다. 그 속에
서 실험군은 20년 전 젊었을 때처럼 생활하게 하였고 대조
군은 환경을 의식하지 않고 살던 대로 편안하게 생활하게

하였다. 또한 얼굴을 볼 수 있는 거울을 없애버리고 오로지 젊은 시절의 사진 앨범만을 두었다. 이런 방식으로 그 안에서 생활한 지 일주일 만에 이들 대상자들에게 놀랄 만한 변화가 초래되었다. 실험군에서는 노인들의 시각, 청력, 기억력, 인지능력, 식욕, 걸음걸이 및 활동성과 행복감이 개선되었고 심지어 외모도 훨씬 젊게 변했다고 보고되었다. 양로원에서는 비실비실하던 사람들이 단 일주일 만에 실외 게임을 할 정도로 행동이 개선되었다. 이러한 랭어 교수의 '시간 역행연구'를 두고 일부 비판가들은 견강부회牽強附會 해석이라며 평가 절하하기도 했지만 일반 사회에는 엄청난 충격을 주었다. 늙음이 단순히 신체적인 요인에 의하여 결정되는 것이 아니라 마음먹기에 달려 있으며 환경의 영향을 크게 받는다는 점을 밝힌 사건이 되었다. 랭어 교수는《시간을 역으로—심리적 건강과 가능성의 힘Counterclockwise: Mindful Health and the Power of Possibility》이라는 저서를 통하여 "노화는 변화이지 퇴화가 아니며, 노화는 마음이 주도하는 것"이라고 주장하였다. 이후 일련의 저서에서 마음 개혁에 의한 노화 역행 가능성을 시사한 바 있다. 이러한 연구 결과는 이후 노인복지와 요양의 방향을 수정하는 데 기여하였고 노인들에게는 노익장老益壯의 희망을 가지게 하였다.

환경과 마음의 변화만으로도 신체적으로 다시 젊어질 수 있다는 랭어 교수의 연구 결과를 내 자신이 바로 입증한 셈이 되었다. 고향에 돌아와 어머니와 함께한 삶은 나의 몸과 마음을 50년 전 학창 시절로 되돌아가게 하였고 생활 습관을 바꾸고 삶의 태도를 바꾸는 개혁을 이루게 하였다. 오랜 세월 학계에 몸담아오면서 제자들도 많이 두었고 여러 가지 활동을 하면서 내 스스로도 나이 든 행세를 망설이지 않았다. 그러한 삶이 나의 당연한 모습이었다. 그런데 50년 전에 살던 곳, 자랐던 곳, 그때 찾아 다녔던 곳으로 돌아와 그 속에서 옛 친구들, 친척들 그리고 어머니와 동생들과 만나 생활하면서 엄청난 변화가 일어났다. 그동안 나이 들었다는 이유로 스스로를 틀에 가두고 살아왔는데 이제는 삶을 새롭게 바꾸어가면서 자람의 길로 들어설 수 있게 되었다. 환경의 변화는 결국 나의 마음을 바꾸고 그때 그 시절의 젊음을 되새기게 하고 일상까지 바꿔놓았다. 자동차 운전면허도 다시 취득하고 건강검진 후 잘못된 생활 습관을 혁신하면서 시간 역행이 불가능한 일이 아니고 바로 가능한 현실임을 깨달았다.

그리고 무엇보다도 내가 어머니에게는 아직도 걱정거리 자식임을 깨달으면서 어렸을 적의 나로 돌아가게 하였다. 이렇게 어머니와 함께하는 고향 생활은 일흔이 넘는 나이에도 나를 어머니 품속에서 자라고 있는 어린 자식이 되게 하였다. 아흔이 넘은 어머니는 멀리 떠났던 자식이 돌아와 일상을 함께하게 되니 다시 엄마로서의 책임감을 느끼고 아들을 챙기고 싶으신 듯했다. 그래서 얼마 동안이라도 어머니가 다시 젊은 엄마 시절로 돌아간 듯 기운을 내고 생기를 보여서 다행이었다. 시간 역행을 넘어서서 바로 회춘回春의 비밀을 찾은 셈이다.

일반 세포를 줄기세포로 유도하는 가히 바이오혁명이라고 일컬을 만한 기술이 개발되어 세상을 놀라게 하고 있다. 그러나 진정으로 놀라운 일은 늙은 세포도 젊은 세포 못지않게 줄기세포로 바뀔 수 있다는 사실이었다. 그동안 늙은 세포의 운명은 비가역적인 노화 과정으로 불가피한 퇴행 현상이라고 여겨왔는데 늙은 세포도 줄기세포로 역분화할 수 있다는 사실은 아무리 늙었다고 해도 세포나 개체가 젊은 상태로 복원될 수 있는 잠재력을 가지고 있다는 엄중한 진리를 보여주고 있다. 이러한 생명 현상의 진실은 사람도 마음을 바꾸고 환경을 개선하면 얼마든지 다시 젊어질 수 있다는 개연성을 시사해준다. 늙음이 젊음으로 역행하는 과정이 더 이상 연금술 시대의 황당무계한 이야기가 아니며 이제는 구체적으로 가능한 현상이라는 엄연한 현실이 눈앞에 펼쳐지고 있다. 이러한 의미에서 나의 한 가지 간절한 바람은 나의 변화 못지않게 어머니도 나를 키우던 시절의 젊음을 되찾으셨으면 하는 것이다.

50년 만에 고향에 돌아와 어머니와 동생들과 같이 살면서 친척들도 만나고 친구들과 어울리며 사는 즐거움을 누리게 되었다. 도연명이 〈귀거래사〉에서 노래한 고향 생활의 기쁨을 그대로 만끽할 수 있었다.

친척들과 정다운 이야기 나누고 거문고 타고 책 읽으며 시름을 더네悅親戚之情話 樂琴書以消憂.

그동안 멀리서 고향의 역사적 아픔에 가슴 졸이며 안타까워하였는데 이제 고향에 돌아와 옛 친구들도 만나 담소를 나누고 그토록 그리던 무등산을 오르는 즐거움도 누리게 되었다. 이러한 모든 행복과 기쁨의 근원은 바로 어머니이다. 아흔 넘은 어머니가 일흔 넘은 아들을 걱정하고 챙겨주시니 이보다 더한 행복이 있을까. 감사의 마음이 가득하다. 그리고 어머니가 백세를 넘어도 여든 넘은 아들을 야단쳐주시기를 간절히 빌고 있다.

어머니와 함께하는 생활에 대해 친구들에게 들려주면 모두 부러워했다. 막역한 지우인 국문학자 권영민 교수는 원고를 읽고 문장을 고쳐주면서 일상생활을 고백하는 글에 익숙하지 못한 나를 격려해주었다. 대학 시절 룸메이트이자 함께 교수가 되어 평생 동료가 된 인류학자 전경수 교수가 나를 부러워하며 신세타령하는 소리가 귀에 맴돌고 있다.

"자네는 고향도 있고 엄마도 있는데 나는 고향도 없고 엄마도 없네."

고향을 떠나 살아온 친구들 그리고 부모가 모두 돌아가셔서 이젠 돌아갈 고향을 잃어버린 친구들을 보면서 나는 어머니가 계시는 고향에 돌아와 행복을 누리고 있음에 감사하지 않을 수 없다. 걱정이 있다면 단 하나, 어머니 곁으로 내려와 7년째가 되었는데 어머니가 눈에 띄게 쇠약해지는 것을 보는 것이다. 활달하였던 아흔 살 때의 모습에서 병원치레 몇 번 하시더니 아흔여섯이 된 지금의 모습은 크게 변화하였다. 임플란트한 지도 벌써 3, 4년이 지나다 보니 골다공증으로 치조골이 약해져서 임플란트했던 치아가 빠지기도 하고 다시 불편함이 초래되고 있다. 아직 밭에도 나가고 더러 자식들 일에 간섭도 하시지만 전보다는 노쇠의 기색이 완연해져서 안타까움만 가득하다. 어머니가 백세가 될 때면 나는 여든이 되고 내가 백세가 될 때면 어머니는 백스무 살이 된다. 그런 날이 그렇게 아득하지도 않고 세계적 장수인인 장 칼망의 백스물두 살 기록보다 적으니 불가능할 이유는 없다. 그러나 몇 년 몇 살이라는 숫자는 무의미하다. 언제까지 사시더라도 오로지 남은 소망은 어머니가 건강을 지켜서 자식들 야단치며 연년익수 만수무강延年益壽萬壽無疆하시기만 간절히 빌고 빌고 또 바랄 뿐이다.

나에게는 고향이 있답니다

청어

나에게는
생각만 해도
듣기만 해도
보기만 해도
가슴 가득 그리움이 밀려오고
깊은 속부터 뜨거워지는
고향이 있습니다.

내 고향은
무등, 무등등
여느 것과 견줄 것 없는
도톰한 산과 맑은 계곡이 있는
아름답고
포근한 곳입니다.

세월이 흘러 찾아왔어도

닫는 글

고향은

따사롭게 껴안아주어

나는

날이 지도록 밤이 새도록

뛰놀고 뒹굴고

뛰놀고 뒹굴고

나에게는

그러한 고향이

가슴속 깊은 곳에

있답니다.

백세 엄마, 여든 아들

초판 1쇄 인쇄일 2024년 12월 10일
초판 1쇄 발행일 2024년 12월 20일

지은이 박상철

발행인 조윤성

편집 박고운 **디자인** 정효진 **마케팅** 이지희
발행처 ㈜SIGONGSA **주소** 서울시 성동구 광나루로 172 린하우스 4층(우편번호 04791)
대표전화 02-3486-6877 **팩스(주문)** 02-598-4245
홈페이지 www.sigongsa.com / www.sigongjunior.com

글 ⓒ 박상철, 2024

ISBN 979-11-7125-558-0 03810

*SIGONGSA는 시공간을 넘는 무한한 콘텐츠 세상을 만듭니다.
*SIGONGSA는 더 나은 내일을 함께 만들 여러분의 소중한 의견을 기다립니다.
*잘못 만들어진 책은 구입하신 곳에서 바꾸어드립니다.

WEPUB 원스톱 출판 투고 플랫폼 '위펍' _wepub.kr
위펍은 다양한 콘텐츠 발굴과 확장의 기회를 높여주는
SIGONGSA의 출판IP 투고·매칭 플랫폼입니다.